**UM DIA
ESTA
NOITE
ACABA**

ROBERTO ELISABETSKY

UM DIA ESTA NOITE ACABA

romance

© Boitempo, 2021
© Roberto Elisabetsky, 2021

Direção-geral Ivana Jinkings
Edição Carolina Mercês
Leitura crítica José Carlos Monteiro da Silva
Coordenação de produção Livia Campos
Assistência editorial Pedro Davoglio
Preparação Adriana Bairrada
Revisão Sílvia Balderama Nara
Diagramação Antonio Kehl
Capa Michaella Pivetti
frente: foto de Jeremy Bishop (Unsplash)
verso: manifestação estudantil contra a ditadura militar (Wikimedia Commons, Arquivo Nacional, autor desconhecido)
Equipe de apoio Camila Nakazone, Elaine Ramos, Frederico Indiani, Higor Alves, Isabella Meucci, Ivam Oliveira, Kim Doria, Lígia Colares, Luciana Capelli, Marcos Duarte, Marina Valeriano, Marlene Baptista, Maurício Barbosa, Raí Alves, Thais Rimkus, Tulio Candiotto, Uva Costriuba

---

CIP-BRASIL. CATALOGAÇÃO NA PUBLICAÇÃO
SINDICATO NACIONAL DOS EDITORES DE LIVROS, RJ

E42d

Elisabetsky, Roberto
Um dia esta noite acaba / Roberto Elisabetsky. - 1. ed. - São Paulo : Boitempo, 2022.
248 p.

ISBN 978-65-5717-111-0

1. Brasil - História - 1964-1985 - Romance. 2. Romance brasileiro. I. Título.

22-75380
CDD: 869.3
CDU: 82-31(81)

Camila Donis Hartmann - Bibliotecária - CRB-7/6472

É vedada a reprodução de qualquer
parte deste livro sem a expressa autorização da editora.

1ª edição: fevereiro de 2022

BOITEMPO
Jinkings Editores Associados Ltda.
Rua Pereira Leite, 373
05442-000 São Paulo SP
Tel.: (11) 3875-7250 / 3875-7285
editor@boitempoeditorial.com.br
boitempoeditorial.com.br | blogdaboitempo.com.br
facebook.com/boitempo | twitter.com/editoraboitempo
youtube.com/tvboitempo | instagram.com/boitempo

Sumário

Anoitece, 11

Noite adentro, 117

Amanhece, 229

*Aos meus pais, Anna e Marco, cuja partida
teria sido precoce a qualquer tempo.*

"*El dolor de mi tristeza va mojando los recuerdos en la
fuente de la idea.*"
Federico García Lorca – *Canción otoñal*

"*O silêncio é terrível e torturante somente para
aqueles que já disseram tudo e nada mais têm a dizer.*"
Máximo Górki – *Vinte e seis e uma*

Esta é uma obra de ficção baseada em fatos verídicos. Semelhanças entre os protagonistas e pessoas reais resultam de mera coincidência.

Nas passagens que envolvem personalidades e eventos históricos, a precisão dos fatos foi sacrificada a serviço da narrativa.

No dia 25 de janeiro de 1984, uma quarta-feira, a cidade de São Paulo comemorava 430 anos.

Os eventos desta história se passam entre o fim da tarde desse dia e as primeiras horas da manhã seguinte.

ANOITECE

**17h48
Fernanda**

DOU-ME CONTA DE que as páginas marcadas com adesivos multicoloridos dão um ar ligeiramente carnavalesco aos livros empilhados sobre minha mesa. Uma falsa folia literária, na qual destoa a solenidade do dicionário aberto num sisudo suporte de madeira. Sei que a lógica da aparente desarrumação de pastas e papéis espalhados pela mesa só faz sentido para mim. Não consigo evitar uma leve irritação ao constatar que o conjunto à minha frente é quase um clichê, lugar-comum do espaço de trabalho de quem se dedica à tradução.

Para tentar quebrar essa previsibilidade maçante, deixo espetada num painel de cortiça, em meio a lembretes diversos, uma foto do autor ou da autora do texto em que estou trabalhando. Nas passagens mais difíceis, quando o sentido é esquivo e as palavras teimam em se esconder, trocamos olhares. Procuro discernir em sua expressão algo que indique sua reação às palavras que escolhi para transpor sua obra para outro idioma.

A esperança é vã. Ainda não me deparei com um escritor que se desse ao trabalho de sinalizar a aprovação ou rejeição do meu trabalho. Ignoram-me solenemente. Não parecem interessados em saber que transformações sua criação operará na alma de leitores longínquos. Talvez seja melhor assim. Ao menos me poupam da humilhação de constatar que mesmo os limites mais elevados de minhas habilidades são insuficientes para a missão a que me propus.

Um calejado professor dos tempos de faculdade, que dedicou a vida às questões de métrica, prosódia e sílaba tônica na tradução de poesia, me dizia: "Deixe que o autor leia o texto pra você. Escute na voz dele o fluir de cada frase ou verso. Então – e só então – transponha o que ele lhe diz para o novo idioma. É o mais próximo que você chegará de exprimir o que ele quer dizer".

O mestre sabia que a precisão na escolha das palavras não basta. Anos dedicados ao ofício haviam lhe ensinado que há limites intransponíveis na busca pela fidelidade exata ao significado original. A busca de equivalência entre duas línguas enfrenta as mesmas dificuldades que se encara ao tentar superar as diferenças entre duas culturas, entre formas distintas de pensar, sentir, agir e se expressar.

No momento, a imagem espetada que me encara impassível é uma foto em preto e branco do escritor uruguaio Mario Benedetti. Olhar bondoso, bigode grisalho escondendo um suave sorriso temperado com uma pitada de sarcasmo. Ele deve ter sido um ótimo confidente.

Volto a atenção para a máquina de escrever e passeio os olhos por seus versos, que acabo de traduzir:

¿Donde está mi país?	Onde está meu país?
¿junto al río o al borde de la noche?	junto ao rio, ou na margem da noite?
¿junto al pan o al borde de la sombra?	junto ao pão, ou à borda da sombra?
¿en un pasado del que no hay que hablar	em um passado de que não se deve falar
o en el mejor de los agüeros?	ou no melhor dos presságios?
¿donde? ¿donde?	onde? onde?

Nestes vários anos em que o ofício de tradutora tomou conta da minha vida, aprendi que o nível de rebeldia das palavras, ao serem submetidas a traduções, pode variar. São menos intransigentes quando se traduz verbalmente, pois o tradutor se vale da cumplicidade imediata do ouvinte; é assim com a dramaturgia, por exemplo: estabelece-se um certo compadrio, quase uma colaboração, em que a indulgência de quem escuta perdoa as imprecisões de quem interpreta. Já a tradução da palavra escrita é implacável, não admite perdão. Sua avaliação é tão rigorosa e perene quanto a pedra em que foi talhada.

Meu velho professor estimulava a classe a refletir sobre a natureza das palavras. "Alguém consegue me dizer a diferença entre uma palavra e uma vida?"

Para ele, não havia. Eram a mesma coisa. Argumentava que, assim como uma palavra traz consigo uma enorme complexidade, um sem-fim de nuances e dimensões, assim também é a vida; o significado mais profundo de uma palavra, assim como o sentido de uma vida, é fugaz, impossível de ser completamente apreendido e encapsulado. Quem tem nas palavras a matéria-prima de seu ofício tem de aprender a conviver com essa essência efêmera, inalcançável.

O torpor do meu mergulho à busca de palavras é quebrado por um ruído vindo de apartamentos vizinhos. Parece crescer, como se fosse engolfando a vizinhança numa mesma, onipresente, onda sonora. Uma força invisível que leva os residentes a sintonizar, em número cada vez maior, a mesma frequência, transmitindo o que parece ser...

... um comício...?

O rumor cresce à medida que mais aparelhos aderem, até que, num estalo, afasto de mim as divagações literárias e me dou conta de que algo improvável parece estar acontecendo. "A TV transmitindo o comício?", me pergunto, olhando os prédios à minha volta. Ouço fragmentos de aplauso e cantoria, pensando que, se for mesmo um ato político ao vivo na TV, é algo que não se vê no país há vinte anos.

Vou à varanda do amplo apartamento, lembrando que hoje é feriado, aniversário de São Paulo. Muita gente em casa, o que explica a envolvência da onda televisiva. Deslizo as portas envidraçadas do terraço e me encanto com o mosaico inesperado de pixels saltitantes, amarelos e vermelhos, que salpicam as janelas. As varandas estão vazias. Não se ouvem manifestações dos moradores que acompanham a transmissão. Um silêncio eloquente envolto em perplexidade.

Consulto o relógio: quase seis da tarde. Ernesto deve estar chegando. Arrumo a pilha de páginas datilografadas que me consumiu boa parte do dia, deixo escancarada a porta do escritório e caminho com passos apressados até a entrada do apartamento. Destranco a porta social, com a ponta de angústia que esse gesto, que há muito deveria ser corriqueiro e insignificante, provoca em mim. Vou em seguida à sala de estar e ligo a TV. Na Globo, segue a modorrenta novela vespertina, como se nada de novo se passasse no país. Alguma história previsível e improvável envolvendo o embate entre humildes injustiçados contra coronéis do sertão ou industriais inescrupulosos. Enredos que, na definição de Ernesto, haviam há muito ultrapassado "o limite da exaustão gastrointestinal".

Sintonizo a TV Cultura, emissora pública, e explodem na tela as cores e os sons que me chegam das janelas vizinhas. Há um grande palanque apinhado de políticos, montado em frente à Catedral da Sé. No centro, empunhando um microfone, o locutor esportivo Osmar Santos agita os milhares de pessoas na praça:

– Diretas quando, meu povo?

A multidão responde:

– JÁ!!!

Ele repete o refrão várias vezes. A câmera faz uma tomada panorâmica do público que lota a praça, agitando bandeiras

amarelas ("Diretas Já", "PMDB") e vermelhas ("Partido Comunista Brasileiro", "Movimento da Causa Operária"). Há uma enorme ave dourada (uma águia?) feita de retalhos de papel que bate as asas continuamente. O que significará?
– Diretas quando, meu povo?
– JÁ!!! – responde a multidão.

Santos começa então a puxar outro refrão, prontamente acompanhado por milhares de vozes:
– Um, dois, três... quatro, cinco, mil! Queremos eleger o presidente do Brasil!

Dou um passo atrás. Está acontecendo.

18h12
Ernesto

SEI QUE NÃO é fácil para minha mãe deixar destrancada a porta do apartamento quando sabe que eu venho. Poucos sabem que o pulso dela acelera quando faz isso. Deixar o ninho escancarado, algo insignificante para a maioria das pessoas, é um esforço real pra ela, adicta de travas, trincos e cortinas fechadas; assombrada com pessoas paradas em frente ao prédio, com atendentes solícitos além da conta, ou vozes desconhecidas ao telefone.

Minha mãe não sofreu sempre desses medos. Me contam que, quando conheceu meu pai, ela encarava sem medo coisa muito mais arriscada, tipo sair em passeata, cantando de peito aberto e cabeça erguida, desviando dos cassetetes dos meganhas. Me dizem que a Fernanda daqueles tempos era uma pessoa disposta a "abraçar o mundo".

Deve ser verdade. Até o dia em que ficou claro que seu abraço não dava conta nem mesmo dos fiapos de sua própria família; quando teve certeza de que fechaduras e portas fechadas não impediriam que sua vida lhe fosse arrancada a qualquer momento, sem cerimônia ou aviso prévio.

Checo o relógio. Tomás vai chegar mais tarde. Diretor de empresa multinacional não folga em feriado local. A matriz nova-iorquina não quer saber do "dia da fundação" deste ou daquele lugar, ou "dia do santo" fulano de tal. A marcação cerrada dos gringos não alivia nem nos feriados nacionais, quando uma penca de generais mequetrefes não resiste à coceira de exibir seus tanques verde-oliva, pateticamente jurássicos, em avenidas mal asfaltadas. Imagino os chefões da companhia trocando sorrisos condescendentes ao ver aqueles senhores dobrados sob o peso de medalhas autoconcedidas em palanques precários, aplaudidos por massas indistintas que agitam pequenas bandeiras de lugares remotos que se autoproclamam "nações". Países cuja maioria dos membros do *board* seria incapaz de apontar num mapa, mesmo que isso lhes custasse uma rodada de Wild Turkey numa aposta em um bar qualquer de Wall Street.

Nada de feriado hoje pro Tomás. E sem reclamações: salário em dólar compensa tudo. Sem falar no bônus de final de ano. Com inflação descontrolada, como agora, melhor ainda. O plano é jantarmos os três no bistrô de preços obscenos que ele insiste em chamar de "nosso" favorito. Fernanda e eu já estamos suficientemente escolados em simular o entusiasmo padrão.

Pode-se dizer do Tomás o que se quiser, mas não há como negar sua habilidade em navegar o campo minado dos negócios e sair sempre bem na foto. Sabe que canais acionar, como minar concorrência, como fazer com que sua empresa – e ele próprio – sejam ouvidos em qualquer tomada de decisão do governo, seu maior cliente. Não se discute qualquer projeto de infraestrutura elétrica no país sem que Tomás Machado seja informado e consultado, ou que a United Energy tenha uma parte relevante do bolo. Cansei de ver as digitais dele em projetos redimensionados, em obscenos adendos orçamentários, em prazos renegociados, sem argumentos plausíveis, mas sempre de forma favorável à companhia. É voz corrente em Brasília: "Não se sabe no que esse projeto vai dar, mas pode apostar que a United Energy vai se dar bem no final".

Depois que conheceu e se juntou à minha mãe (o certo seria dizer que a "resgatou"?), me levando de brinde no pacote, Tomás assumiu de pronto a figura de mentor da minha vida profissional. Passado o previsível período de rejeição, em que ele encarnava para mim o lugar-comum do intruso que toma o lugar do pai, me dei conta de que nada que o Tomás planejou para mim ou Fernanda foi fruto de paixão ou acaso. Ele reconheceu desde o início a teia de fragilidade e vulnerabilidade à nossa volta e apertou os botões certos para fazer da bela Fernanda e de seu pirralho pré-adolescente a companheira e o filho que ele nunca tinha tido.

A família que havia muito desejava.

Chego ao prédio e me pergunto se devo contar a Fernanda as boas notícias da agência. Várias campanhas prontas, aguardando apenas a aprovação dos clientes para veicular. Somando TV, mídia impressa e outdoor, pode ser o melhor faturamento de janeiro da breve história da nossa empresa. Poderia contar para Fernanda que começamos a ganhar respeito no mercado de publicidade e incomodar as grandes agências. Mas, pensando bem, por que contar? Ela não dá a mínima para meu trabalho. Não reconhece qualquer talento ou mérito que eu possa ter. Diz que tudo o que eu faço é "à imagem e semelhança do Tomás, teu guru", frase que bate ponto obrigatório toda vez que nossas conversas descambam em discussão – ou seja, quase sempre.

Minha mãe pode exagerar no rótulo, mas sabe que vem da convivência com Tomás minha fascinação pela dinâmica dos negócios, pelo jogo do mercado, por saber reconhecer as regras que podem (e frequentemente devem) ser quebradas. Devo a ele a clareza do meu objetivo de ganhar dinheiro de verdade, não me contentar com pouco. Tomás me ensinou a percorrer sem reclamações a *via crucis* da carreira numa grande empresa, de olho no pote ao fim do arco-íris. Arranjou meu primeiro emprego como estagiário numa agência internacional, de onde passei a "aspone" (assessor de porra nenhuma), depois gerente júnior de contas, depois chefe do atendimento, até que Tomás me empurrou para a decisão de apostar no meu taco, reunir sócios investidores (incluindo ele próprio) e abrir meu próprio negócio. Embora não aceite ser tachado de "devoto", como faz dona Fernanda, foi ele, sim, quem me aprumou na vida, não há como negar isso.

Entro no apartamento, dois andares abaixo da cobertura do prédio, e fecho a porta com força, para que ela ouça e não se assuste ao esbarrar comigo. Dou duas voltas na chave, como ela exige. Vejo pela porta entreaberta de seu escritório a confusão habitual sobre a mesa. Examino a foto do autor da vez, espetado na cortiça.

– É você, Ernesto? – ela vem da sala de TV arrastando seu desassossego. No mais plácido dos dias, vazio de tarefas ou compromissos, ela é assim: ansiosa, ofegante, olhar inquieto. Mas hoje parece excitada além da conta.

– Trancou a porta? – diz ela, mal prestando atenção no meu gesto de confirmação. Me pega pela mão. – Vem ver isso.

– Quem é? – faço um sinal com a cabeça em direção à imagem do autor espetada no escritório.

– Mario Benedetti.

– Italiano?

– Uruguaio – ela responde impaciente, deixando clara sua decepção com a extensão da minha incultura. – Você já me ouviu falar dele mil vezes.

Resignada com minha ignorância literária, praticamente me arrasta para perto da TV ligada.

Ao me aproximar da tela, ela me encara, ansiosa por minha reação. Fica feliz ao ver que acuso o choque. Em vez da reprise de um programa de auditório ou da novela da tarde, a tela está tomada por uma multidão.

Custo alguns segundos para decodificar a massa de cores, a aglomeração de rostos, o vaivém das bandeiras. Será possível que estejam mesmo transmitindo um ato político ao vivo?

Ela se senta no sofá. De onde estou, dá para sentir as ondas de emoção que percorrem seu corpo, umedecem seus olhos de jabuticaba. Com quase cinquenta anos, minha mãe é ainda uma linda mulher, esguia, de feições delicadas e cabelos negros com filetes prateados. Uma beleza esculpida pela vida, do tipo que atiça o desejo de saber mais sobre quem ela é.

Saber mais sobre ela. Decifrá-la. Quem quiser, que tente. Eu já desisti.

Ela me olha, e há algo de suplicante em seu olhar, como se pedisse: "Venha. Me abrace. Me convença de que isso está mesmo acontecendo".

Mas eu sei o que ela quer dizer. As palavras, misto de companheiras e adversárias com quem ela convive dia e noite, parecem desertá-la. Ela não as encontra para cravar seu olhar no meu e dizer da forma mais simples possível: "Quero vê-lo em você. Faça o que Héctor faria".

EM RIVERA, ONDE Héctor Méndez nasceu, as palavras foram sempre uma espécie de jogo que todo mundo brincava sem pensar. Havia certa cumplicidade divertida entre seus conterrâneos e os brasileiros de Santana do Livramento – cidade a que se chega atravessando uma rua. Para os riverenses, o portunhol não é o espanhol mal falado por turistas brasileiros: é seu idioma natal, a língua dos afetos, que dispensa normas ortográficas – raramente é escrito –, falada do jeito que a população local fala, sem baixar a cabeça ao que possam julgar "correto" os devotos do espanhol ou do português.

É preciso ser da região para saber que "querosem" e "borracheira" são bêbados; que "biticome" é aquele sujeito pretensioso que se gaba do que não é; "tramposo" é trapaceiro, tipo para se evitar nos negócios e no carteado; "fronha" é pessoa medrosa, avessa a desafios; e "bagacera" é figura que não presta, dada a bebedeira e intenções duvidosas.

Quando Héctor perguntava a Mercedes, que vendia o melhor dulce de leche de Rivera, como tinha aprendido idiomas na escola, ela respondia: "No falaba nada, porque espanhol mismo eu tinha vergonha de errá, no? Desde piquininha falaba do nuestro jeito, y na escola no prestava, falar espanhol direito daba trabaio...". A doçura da música que modulava as frases de Mercedes, ele nunca esqueceria.

Héctor desdenhava os linguistas empertigados que chamavam seu idioma querido de "riverense", "espanhol rio-platense", "português uruguaio", "fronteiriço" ou "misturado". Para quem cresceu imerso no portunhol, como ele, o português brasileiro ("brazilero", para os locais) e o espanhol tradicional ("castilhano") não tinham o sabor, a picardia e o humor implícito naquele jeito de se expressar. Uma língua que fazia questão de se manter marginal, independente, determinada a não se render. Recusava-se a ser engolida pelos dois corpulentos idiomas dos países à sua volta, tal como uma pequena nação cercada de forças poderosas. Além das cidades gêmeas Rivera e Santana do Livramento, era língua corrente em outras cidades fronteiriças, como Artigas e Chuy, do lado uruguaio, e Quaraí e Chuí, do lado brasileiro.

Ao contrário de seus amigos e família, que se comunicavam em portunhol sem pensar no assunto, Héctor desde cedo se interessou por aquele tesouro de palavras. Formas de expressão transmitidas de uma geração a outra com cheiro de terra úmida, como um nhaco dos pampas. Sabia que palavras afetam a vida das pessoas, determinam escolhas e oportunidades, provocam admiração ou preconceito, afetam a autoestima e o senso de comunidade. Interessava-se pelos efeitos que aquela língua fronteiriça tinha naquela gente encurralada entre o espanhol oficial do país em cujo território estavam e o português do vizinho poderoso, do qual muitos dependiam para sobreviver. Esse interesse só fez crescer durante seus estudos no colégio, e, chegado o momento da escolha de sua carreira profissional, Héctor não teve dúvidas: queria ser linguista e fazer dessa investigação sua área de especialização acadêmica.

Seus planos encontravam olhares "de revesqueiro" (atravessados) de seus professores e de seus pais, pequenos produtores de leite numa finca *entre Rivera e Chuy.*

– Vai viver disso? – perguntava seu pai. – De ensinar portunhol?

– Quem quer aprender essa bichera? *– completava sua mãe. – Isso é coisa destas partes, ninguém se interessa.*

Héctor tentava explicar que não queria ser professor de portunhol, e sim entender as origens e peculiaridades da língua, escrevendo e ensinando sobre ela para que não desaparecesse, afogada pelo peso do "castilhano" ou do "brazilero". Talvez até compilar o primeiro Dicionário "Portunhol-Espanhol-Português".

Ao entrar na Universidade de Montevidéu, em 1956, seus professores de linguística e filologia também achavam os estudos do portunhol "un objectivo demasiado pequeño", indigno dos esforços de um aluno perspicaz e dedicado como ele.

– Eu tenho um tema para você – disse um dos professores: – "Comparativos fonéticos, morfológicos e lexicais entre o espanhol e o português". Este, sim, é um assunto merecedor dos teus esforços, Héctor. Algo que vai te render artigos em revistas internacionais e praticamente garantir uma vaga no departamento de linguística de alguma universidade de respeito.

Nada o demoveu. Com seu tesouro de portunhol debaixo do braço e na ponta da língua, descobriu que uma das maiores autoridades em "dialetos fronteiriços" lecionava na Faculdade de Letras da Universidade de São Paulo. Iniciou os trâmites para conseguir uma bolsa de estudos e fincou acampamento junto à banca de professores que alocava recursos para viagens de intercâmbio com universidades no exterior.

Sua persistência pagou dividendos. Em 1959, aos 21 anos de idade, Héctor visitou os pais na finca pela última vez, fez as malas e embarcou para São Paulo.

18h35
Tomás

COMO SE NÃO me bastassem três horas e meia ouvindo vozes fanhosas e mal-humoradas ao telefone, com sotaques que variam do Texas a Massachusetts, agora esse trânsito. A Paulista parada, em pleno feriado. Ninguém merece.

Tento enxergar se mais adiante há algum bloqueio policial, acidente de trânsito ou alguma outra razão para essa aglomeração de carros e pessoas. A quantidade de gente caminhando nas calçadas e entre os carros parados parece aumentar, todos em direção à avenida da Consolação. Aqui e ali começo a ver bandeiras amarelas, brancas, vermelhas. Não consigo ler os dizeres.

Um protesto. Era só o que faltava.

Um crioulo meio andrajoso passa se esfregando no meu carro recém-polido. Tem jeito de que tomou algumas. Várias. Carrega um cartaz de papelão nas mãos, em que há algo mal rabiscado. Abro uma fresta no vidro e pergunto:

– Que confusão é essa?

– Vai todo mundo pra Sé, doutor.

– Pra quê?

– Diretas, doutor. Tá todo mundo com as Diretas.

Aceno com a cabeça e fecho o vidro. Diretas Já. Os gringos me perguntaram sobre isso, tempos atrás, acho que em junho ou julho do ano passado. Um comício em Goiânia, que começou pequeno, com medo de que a polícia aparecesse e baixasse o pau, e foi crescendo até juntar milhares de pessoas; outro no estádio do Pacaembu, depois Curitiba, mais um em Vitória... Respondi a eles que não há hipótese de o Figueiredo e sua turma deixarem o povo votar para presidente. Não sei se acreditaram em mim. Não sei se eu mesmo acredito na minha convicção. Mas decadência e perda de força do regime militar estão aí, só não vê quem não quer.

Avanço outros poucos metros e vejo um policial de trânsito. Abro novamente o vidro e tento chamar sua atenção.

– Está tudo parado assim até onde?

– Até a Consolação. E desce pro centro. Melhor o senhor sair numa transversal.

Faço um contorcionismo e consigo descer a Bela Cintra em direção a Higienópolis. Não sou o único que tenta escapar por aqui. A rua é estreita, com carros estacionados dos dois lados, a fila indiana de motoristas encurralados avança lentamente. Penso em ligar o rádio do carro, ver se estão dando algo no noticiário, mas desisto. Dez anos atrás, tenho certeza, nenhuma emissora ousaria noticiar.

Quase sete da noite e eu empacado aqui. A essa hora já devia estar em casa, uísque na mão, Fernanda se trocando, esperando o Ernesto chegar para sairmos para jantar... Jantar! Será que nosso bistrô na Vieira de Carvalho vai abrir com essa confusão toda lá no centro? Faço um lembrete mental para ligar e confirmar antes de ir.

Afrouxo a gravata e abro o botão do colarinho. Mesmo há décadas ganhando dinheiro por estas bandas, os gringos não entendem por que as coisas acontecem do jeito que acontecem. Os da velha-guarda, que fazem lobby em Washington sem nunca terem pisado na América Latina, não têm a mínima noção do que seja isto aqui. Perguntam-se por que o Brasil não é igual à Guatemala, um país do tamanho de Pernambuco onde indústrias norte-americanas escolhiam o presidente a seu bel-prazer e baixavam o cacete nos bananeiros que reclamassem; ou como o Panamá, onde a CIA instalou um ex-informante na Presidência da República para transformar o país em pista de pouso particular dos Estados Unidos na luta contra os sandinistas; ou a República Dominicana, onde, depois de décadas de apoio despreocupado a um ditador sanguinário, milhares de tropas americanas desembarcaram sem qualquer cerimônia para depor um presidente eleito democraticamente e prevenir uma hipotética ditadura comunista.

Os membros do *board* não têm ideia da complexidade do Brasil. Não se dão conta de que é impossível impedir o desgaste de quase vinte anos de governo militar num país gigante e complicado como este. A cada protesto, cada greve, cada confronto, as mesmas perguntas: "Mas o general X não tem o controle da situação?", "Passeata de estudantes? Quem deixou isso acontecer?", "Greve de metalúrgicos? E ninguém faz nada?", "Qual o risco para nossas fábricas?".

Momentos como este me fazem pensar nas múltiplas faces da empresa a que sirvo há mais de 35 anos. Nos meus tempos de engenheiro recém-formado, em Contagem, Minas Gerais, ser recrutado pela United Energy (UE) era o sonho mais alto a que alguém com a minha formação podia aspirar. Trabalhar naquele gigante do setor de trefilados, cabos elétricos e linhas de transmissão era certeza de uma carreira respeitada e bem remunerada. Os folhetos institucionais que a empresa distribuía nas faculdades apresentavam as operações no México, na Argentina, no Chile e no Brasil com braços na Europa e na Ásia; o respeito de que a companhia desfrutava em Wall Street; sua voz ativa na Fiesp e na Câmara de Comércio Brasil-Estados Unidos; o patrocínio de projetos sociais e educacionais em diversos estados brasileiros, empresa exemplo na contribuição para o desenvolvimento nacional (sorrio, sentindo falta da trilha sonora triunfal na minha apresentação mental).

Mesmo inserido na máquina, é impossível ignorar o sucesso da construção da imagem de empresa-cidadã da UE no Brasil. É preciso mergulhar fundo nas entranhas da companhia para enxergar o que reina abaixo da sua fina pátina de relações públicas: uma calculada indiferença pela prosperidade dos países onde mantém operações. A regra de ouro (não escrita) é: dividendos mandam. Nada se sobrepõe ao retorno dos acionistas.

Encurralado na esquina com a rua Dona Antônia de Queirós, onde carro nenhum se mexe, me vejo acrescentando imagens dos manifestantes que passam com bandeiras a fragmentos do desfile da minha longa carreira na empresa. Negócio que não se contentou em absorver meu empenho profissional e estendeu seus tentáculos à minha vida pessoal e familiar – com minha total anuência e frequente entusiasmo, tenho de admitir. Pipocam flashes dos meus primeiros dias como estagiário na unidade mineira de trefilados; das lições aprendidas no vale-tudo das promoções na sede em São Paulo; dos rios de dinheiro que ganhei para a companhia no México e na Argentina; dos tempos turbulentos na diretoria-geral no Chile, joia máxima da coroa latina da companhia; do retorno não planejado à avenida Paulista nos anos 1970 até minha ascensão definitiva à presidência da UE Brasil, três anos atrás. Uma jornada através de terrenos minados, enfrentando armadilhas internas e concorrentes astutos. No espelho retrovisor da minha carreira na companhia, um rastro de carcaças de pretendentes aos cargos que ocupei. Gente reconhecidamente qualificada a quem faltavam, porém, as qualidades que a companhia mais valoriza: habilidade para articular com quem detém o poder; maximizar o lucro por todos os meios possíveis; e sangue-frio para executar o que for necessário, sem fraquejar diante de obstáculos legais, denúncias da imprensa ou pressões políticas.

O trânsito se esgueira invadindo os extremos das calçadas. Estou prestes a cruzar a avenida da Consolação e entrar finalmente no meu bairro. Dezenas de pessoas, possivelmente retardatários, ainda descem em direção ao Centro na esperança de que o ato se estenda por mais algumas horas, noite adentro. Mais um capítulo do meu desfile profissional se desenrola à minha frente. Amanhã, com certeza, serão muitas as horas ao telefone tentando aplacar os ânimos da diretoria internacional e convencê-los de que este espasmo não passa, afinal, de outro solavanco no caminho. Que, como os demais, também será contornado.

18h50
Fernanda e Ernesto

ELE FINGE NÃO perceber o olhar quase suplicante da mãe e assiste ao comício na TV com aparente desinteresse.

— Ernesto... — ela aponta para a tela, como se fosse necessário explicar — ... é uma transmissão ao vivo do comício pelas eleições diretas na Praça da Sé...

— Veja só, quem diria... — ele responde casualmente, como se assistisse a um documentário qualquer sobre o acasalamento de espécies exóticas.

— Uma demonstração política, ao vivo, na TV. Você não se dá conta do que isso significa?

— Pra você, obviamente, muita coisa.

— Pra mim? Só pra mim? Em que país você vive, Ernesto?

Ele suspira, dá as costas a ela e vai ao bar se servir de uísque, deixando claro que quer evitar uma discussão. O volume da TV parece aumentar na proporção da fenda que se insinua entre os dois.

Na tela, a atriz e produtora de teatro Ruth Escobar, vestindo uma camiseta amarela das Diretas, dá uma entrevista ao repórter da TV Cultura.

— Quando o presidente da República diz que eleições diretas são um "fato perturbador", eu pergunto a ele: "Perturbador de quê, general?". O poder está enlouquecendo. Esses homens estão lá há vinte anos, e a única maneira de conquistar a liberdade neste país é com eleições diretas. É isso que o povo quer.

Fernanda deixa transcorrer alguns segundos antes de voltar à carga.

– Você não se dá conta de que as coisas estão mudando, Ernesto?

Ele não responde de pronto, deliberadamente. Respira fundo enquanto o povo na praça começa a parodiar uma marchinha de carnaval: "Mamãe eu quero, mamãe eu quero, mamãe eu quero votar!".

– Não mexe com você? – insiste Fernanda.

– Lamento te desapontar, mãe, mas não. Eu apoio a campanha das Diretas, claro. Mas, pra ser sincero, não acho que vá mudar grande coisa. O povo não vai tomar o poder, se é essa a tua grande fantasia. Se conseguirem mesmo votar pra presidente, vão eleger mais do mesmo. Brasileiro gosta de autoridade, de mão firme. Ordem e progresso.

Ela suspira, mas não responde. Ele complementa:

– Se você quer mesmo saber o que eu penso, importantes pra mim são as campanhas que eu crio. E o faturamento da agência.

– Eu prefiro não comentar essa tua afirmação. É deprimente demais pra mim.

Fernanda se deixa afundar no sofá com a sensação conhecida de que a animosidade entre ambos desliza para a vala das fracassadas tentativas de conversa. Ele se refugia no cinismo, as palavras se tornam ácidas, cada um recolhe seus argumentos e o silêncio vence.

Seria fácil, pensa ela, atribuir a culpa das dificuldades de seu relacionamento com o filho à ruptura familiar brutal a que foram submetidos. Mas a verdade é que, bem antes de isso acontecer, com Ernesto ainda pré-adolescente, ela já enxergava as fendas que minavam o terreno entre os dois. Incapaz de se aproximar, ela procurava refúgio na cartilha ideológica, tentando se convencer de que o modelo de relação de afeto exagerado entre mãe e filho era mera invenção pequeno-burguesa. Mas, por mais que tentasse se convencer, o aperto em seu peito rejeitava esse discurso, e o fato de não ter cedido aos seus instintos maternos e reconstruído sua relação com Ernesto em bases mais calorosas era algo que Fernanda jamais conseguira se perdoar por não ter feito.

No palanque, políticos e artistas se revezam ao microfone, defendendo o direito do povo brasileiro de eleger o presidente da República. Desta vez, o repórter abordava o senador Severo Gomes:

– O que o senhor acha das chances de aprovação desta emenda que restabelece as Diretas Já para eleição do presidente da República?

– Não é fácil avaliar. Mas eu tenho muita esperança e essa aprovação depende disso – diz o senador apontando a multidão na praça –, dessa mobilização, do povo na rua, pra mostrar que ele não pode aceitar essa mutilação dos seus direitos. Vamos lutar até o último momento.

Ernesto toma mais um gole, mantém os olhos na TV e não resiste a continuar provocando a mãe.

– Não se culpe, dona Fernanda. Não é herança genética, não. Eu me vendi de vontade própria, sem coação, à besta sem alma do capitalismo. Agora, se isso te faz feliz, eu me coloco oficialmente à disposição do movimento pra criar uma campanha publicitária para as Diretas Já. E sem custo, *pro bono*, em nome da democracia.

Senta-se junto a ela e continua:

– Você sempre pode dizer que eu me tornei essa coisa desprezível...

– Eu não disse que você é desprezível.

– ... alienado político, capitalista convicto etc., pode dizer assim: "Vocês podem não acreditar, mas o meu pequeno Ernesto tinha bom coração. Quem estragou ele foi o padrasto, o tal do Tomás...".

– Ah, ótimo. Agora a culpa é do Tomás...
– Não precisa disfarçar, mãe. Eu sei que você não dá valor pro que eu faço. Mas espera um comercial meu ganhar um prêmio em Cannes, aí você vai...
– Ah, finalmente! – ela interrompe – Cannes! Essa é a definição de sucesso pra você, não é? Ser premiado em Cannes?
– Imagina eu ali, no palco, fazendo meu discurso de agradecimento – ele ergue o copo como se fosse um troféu e faz voz de locutor –: "Este prêmio não seria possível sem o apoio incondicional do meu padrasto, Tomás, que me ensinou a ganhar dinheiro, e da minha adorada mãezinha Fernanda, que, embora envergonhada da minha brilhante carreira de publicitário vendido aos deuses do mercado, sempre acreditou no meu talento...".
A velha fórmula de bancar o engraçadinho funciona e alivia o clima. Ela sorri, ele retribui. Dividem um silêncio cúmplice. Após alguns minutos, Fernanda segura a mão do filho.
– Baixa um pouco a guarda, Ernesto, e me diz: você não acha que falta alguma coisa... maior na tua vida?
– O quê, por exemplo?
– Um objetivo, sei lá, mais alto. Algo a mais que simplesmente ganhar dinheiro... Um sonho. Na tua vida falta o sonho, Ernesto. Não o sonho material, de ganhar cada vez mais. Algo maior. O sonho de mudar. O sonho de fazer parte da mudança.
– Ou seja, o *teu* sonho, quando você tinha a idade que eu tenho hoje.
– Não precisa ser o meu sonho. Não acho que eu seja exemplo pra nada.
Ele se irrita:
– Mas aí é que está, mãe, você não percebe? Você pode não admitir, mas o que você quer mesmo é que eu lute pelas mesmas coisas que você lutou – aponta a TV. – Você vê essa coisa das Diretas aí e a velha chama revolucionária arde. É ou não é?
Ele suspira antes de continuar, em tom mais calmo.

— Só que muita coisa mudou na nossa vida, mãe. E muito mais na tua do que na minha. Antes era você ali, na rua, marchando. Hoje, a tua vista é daqui, do andar de cima, da varanda panorâmica. Você achou que ia mudar o mundo, mãe, mas foi o mundo que te mudou. Aí você não sabe como lidar com isso e fica me cobrando o tal do sonho.

Espera uma reação de Fernanda, que não vem.

— Me diz, mãe. Hoje: o que sobrou do teu sonho?

— Não muito. Mas foi o que me manteve viva por muito tempo.

— Não restou nem um pouquinho daquela Fernanda de bandeira vermelha na mão? Aliás, pensando bem, me diz: por que você não está aí, nesse comício?

— Você sabe muito bem por quê.

Ele fixa seu olhar no dela:

— Entenda uma coisa, mãe: eu não sou isso. Eu nunca vivi esse sonho. Talvez esse sonho já tivesse acabado antes de eu chegar.

Fernanda deixa passar um segundo antes de responder.

— O sonho não acaba, Ernesto. Nós é que paramos de sonhar.

ANTES DAS CINCO da manhã do Dia de Ano-Novo de 1959, a confirmação de que o ditador cubano Fulgêncio Batista havia fugido do país percorreu as ruas de Havana. Mesmo para as tropas revolucionárias, as notícias eram difíceis de acreditar.

A derrocada do regime havia se precipitado depois que 350 homens liderados por Che Guevara tomaram a cidade de Santa Clara, localizada no centro geográfico de Cuba, derrotando tropas governamentais dez vezes mais numerosas e muito mais bem armadas. A notícia do fiasco chegou ao quartel-general do governo no início da noite de 31 de dezembro. Tomado por pânico, Batista concluiu que Cuba estava perdida e que devia fugir o mais rápido que pudesse. Algumas horas depois, o ruído do espocar de garrafas de champanhe brindando o Ano-Novo se confundiu com o rugido dos motores do avião particular em que Batista fugia com uma fortuna em barras de ouro, rumo à República Dominicana.

Durante a semana que se seguiu, 20 mil soldados do Exército nacional renderam-se a poucas centenas de revolucionários precariamente armados. Em 8 de janeiro, Fidel, após atravessar o país, chegou a Havana desfilando num tanque pelas ruas da capital com um triunfalismo que fazia inveja à liberação de Paris pelos aliados, quinze anos antes. O blindado de Fidel estacionou em frente ao recém-inaugurado Hotel Hilton e ele prontamente se instalou na suíte presidencial, com sua companheira Celia. Companheiros barbudos circulavam pelos halls luxuosos com uniformes suados e botas enlameadas, deixando boquiabertos turistas desinformados a caminho da piscina.

Era o fim de décadas de decadência da ilha caribenha, transformada em território dominado pela prostituição, jogatina e tráfico de tudo que fosse ilícito. Destino de turistas bêbados à procura de rum falsificado e palcos bolorentos de strip-tease, Cuba tinha construído uma reputação de paraíso de prazeres proibidos, envoltos em glamour de araque, a partir de astros como Errol Flynn, Marlon Brando e Frank Sinatra, que passavam férias por lá. O ator George Raft fora mestre de cerimônias por longas temporadas no Hotel Capri, propriedade de notórias famílias mafiosas. Ernest Hemingway se instalava numa mansão com paredes cobertas de musgo nos arredores de Havana, de onde seguia diariamente para a pesca de marlins, e, depois, para a visita obrigatória ao número 557 da calle Obispo, onde consumia litros de daiquiri no El Floridita.

A 6.500 quilômetros do Malecón de Havana, na direção sul, no bairro paulistano de Vila Buarque, mais precisamente na rua Maria Antônia, endereço da Faculdade de Filosofia, Ciências e Letras da Universidade de São Paulo (USP), a euforia com a vitória da Revolução Cubana tomou conta do prédio. Nas salas e escadarias, estudantes se abraçavam. Algumas moças obedeciam ao reflexo cristão de se ajoelharem e entrelaçarem os dedos em graças, alheias ao fato de que o espírito revolucionário excluía a devoção religiosa. Pelos corredores, flutuava a crença generalizada de que a marcha socialista tinha dado o primeiro passo rumo à inevitável conquista do continente latino-americano. As paredes e colunas do prédio começaram a ser rapidamente cobertas por cartazes improvisados celebrando Fidel, Guevara e o brilhante futuro do socialismo moreno.

Nessa mesma semana em que ares libertários sopravam do Caribe, desembarcou em São Paulo o estudante uruguaio Héctor

Méndez. Direto da estação rodoviária, ainda de mala na mão, Héctor foi à FFCL conhecer a faculdade onde complementaria seus estudos de graduação e desenvolveria sua tese de mestrado sobre dialetos fronteiriços. Impregnou-se com os ares de agitação política e procurou anúncios afixados no mural do Centro Acadêmico com ofertas de alojamento. Achou um quarto que cabia no seu bolso num prédio antigo na rua Barão de Tatuí, a uma distância "caminhável" da faculdade. O aluguel seria dividido com dois estudantes de filosofia, lá instalados desde o fim do ano anterior.

Nas semanas seguintes, Héctor começou a se familiarizar com a geografia e as rotas de transporte público da cidade onde passaria os próximos anos de sua vida. Demorou vários dias para absorver a monumental escala da cidade, que fazia de Montevidéu um vilarejo interiorano, e de sua Rivera natal uma mera parada de ônibus na fronteira. Imerso no jargão paulistano que jorrava à sua volta, fazia um esforço consciente para que as palavras quase coincidentes e a falta de uso não o afastassem do seu amado portunhol. Praticava mentalmente exercícios para, de um lado, aprimorar seu português, e, de outro, nomear objetos, personagens e situações em sua língua natal, dando-se ao luxo de "andar al pedo" (sem fazer nada), subir num ônibus a esmo apenas para conhecer outro "arrabalde" (bairro de periferia), descobrir a padaria onde se comia o melhor "cacetinho" (pão francês) e aprender quais as cozinhas regionais brasileiras cujo tempero apimentado "não lhe sentava bem". Felizmente, seus colegas de apartamento eram "campantes" (de bem com a vida, faceiros), quase nunca "abichornados" (tristonhos) e pouco "cascarreas" (mãos de vaca, mesquinhos).

Sua última parada antes de retornar ao apartamento era quase sempre a biblioteca da faculdade, onde se dedicava à montagem do quebra-cabeça de créditos necessários para completar seu curso de graduação, iniciado em Montevidéu. Seu plano, ao chegar, era concluir em quatro semestres as matérias necessárias para o diploma de bacharelado. Iniciaria então seu trabalho de mestrado, que levaria, no mínimo, outro par de anos. Imaginava que, se tudo corresse como planejado, obteria seu diploma de mestre em 1964.

Fosse, no entanto, estudante de letras hebraicas, Héctor Méndez encararia o cronograma ambicioso de seus projetos com a ironia recomendada pelo conhecido provérbio judaico: "O homem planeja, e Deus ri".

A gargalhada divina começou logo no início do curso, na aula inicial de Formas Breves na Literatura Hispano-Americana. O professor Plínio, figura mítica da faculdade, tinha como marca registrada iniciar cada aula lançando um desafio à classe.

– Imagino que todos aqui saibam o que são oxímoros. – murmúrios indistintos percorreram a sala. – Todos vocês os conhecem, mas alguns talvez não tenham sido formalmente apresentados a eles. O oxímoro é uma figura de linguagem em que a afirmação contradiz a si própria. Um paradoxo, se quiserem, que a princípio parece ser ilógico, mas que traz em si – quase sempre envolto em ironia – uma verdade própria.

Pegou um giz e escreveu: "Menos é mais".

– Este é de autoria do poeta inglês Robert Browning, mas se tornou conhecido pelo uso no universo de designers e arquitetos minimalistas. À primeira vista, não faz sentido: menos não pode ser mais. Um é o oposto do outro. Mas essa autocontradição expressa um princípio de extrema importância: evitar detalhes excessivos ou desnecessários leva a um resultado melhor. Claro que Browning poderia simplesmente dizer: "É melhor manter as coisas simples". Mas a força da mensagem não seria a mesma.

Plínio rabiscou outro exemplo: "Até mesmo sua ignorância é enciclopédica".

Este arrancou risadas da classe.

– Não é bom negócio ser desafeto de alguém bem armado com oxímoros. Políticos e artistas são adeptos famosos – disse, enquanto escrevia outro: "Ele tem um grande futuro pelas costas".

Outra risada geral. Plínio desfez-se do giz e seguiu, limpando as mãos num lenço.

– Pode-se argumentar que a força dos oxímoros vem de seu poder de capturar as contradições que estão na essência de nossas vidas. Nossa existência é permeada por opostos: dia e noite, vida e morte, felicidade e sofrimento, bem e mal. O oxímoro lança uma breve, mas poderosa luz sobre essa verdade essencial.

Héctor olhou à sua volta. Não havia quem desviasse a atenção do mestre, bebendo suas palavras. Muitos sorriam.

Mas ninguém como ela.

A morena de nariz levemente arrebitado e longos cabelos contidos por uma presilha vermelha era – ele teve imediata certeza disso – o que de mais lindo suas pupilas haviam jamais registrado. Cada gesto, a maneira como jogava a cabeça para trás a cada risada, o olhar cúmplice à sua volta para se certificar de que todos se divertiam como ela... Héctor tentava obrigar seu olhar a mudar de direção, mas seus olhos se recusavam a obedecer. A bela morena era como um polo magnético, de cujo campo de atração ele era incapaz de escapar.

Na saída da aula, enquanto Héctor ainda guardava seu material na mochila, a morena parou a seu lado, livros apertados contra o peito.

– Fernanda. Você?

– Héctor – respondeu, tentando domar um livro rebelde que teimava em escorregar de suas mãos. – Desculpe – disse, desajeitado.

– De onde?

– Uruguai.

– Ah, conterrâneo de um dos meus heróis.

Héctor apertou os olhos, expressando curiosidade. Ela completou.

– Mario Benedetti.

– Orgulho nacional – declarou ele.

– "Aquella esperanza que cabía en un dedal..." – disse ela com voz sonhadora.

– Você também gosta disso – ele sorriu.
– A leveza de Benedetti não tem igual.
Héctor sentiu que também precisava citar um verso do mestre. Talvez não tivesse outra chance. Sua memória não o traiu.
– "Otro día se acaba... y el destino era esto."
O sorriso de Fernanda se alargou, mas ela nada disse. Héctor se aproveitou da brecha:
– Eu vou ter que fazer algo que nunca faço: discordar do Benedetti. Não há nada de que eu possa me queixar sobre meu destino hoje.
Fernanda olhava-o fixamente. Héctor sentiu que, pelo menos, não seria descartado logo de saída.
– Você vai na reunião no Centro Acadêmico? – perguntou ela.
– Reunião?
– A passeata anti-imperialista. Falta definir as...
– Vou com você – ele interrompeu, recolhendo finalmente suas coisas. – Não importa a pauta.
Outro sorriso. Ela entendeu. Os dois saíram, caminhando juntos.

19h13
Fernanda, Ernesto e Tomás

A PRIMEIRA COISA que Tomás vê após trancar a porta de entrada é a silhueta de ambos dividindo o sofá, recortados contra a tela da TV. Cena rara, mãe e filho sentados lado a lado, em pose de cumplicidade. Podia-se dizer muita coisa de Fernanda e Ernesto, pensa ele, mas que fossem próximos um do outro não era uma delas.
— Fernanda?
Ao ouvir a voz de Tomás, Ernesto se levanta imediatamente. Agitado, vai com o copo de uísque na mão em direção a ele.
— Tomás, deixa eu te contar essa!
— Oi, Ernesto, boa noite pra você também.
— Imagina que ontem, na agência, o Paulinho do atendimento, que já estava ameaçando sair faz tempo, resolveu finalmente pedir demissão...
Tomás deixa a pasta sobre uma cadeira, tira o paletó, vai até Fernanda, trocam um beijo rápido.
— Trancou a porta?
Ele confirma. Olha de relance para a TV e vai se servir de uísque, seguido por Ernesto, que não para de falar.
— ... ele vai até a máquina de Xerox, na frente de todo mundo...
Ernesto coloca o copo de uísque sobre a mesa de centro e começa a imitar as ações que descreve, como se a mesa fosse a copiadora.

– ... abre a tampa, abaixa as calças, tira um xerox do rabo dele, vai na sala do Ataíde e esfrega nele o papel: taqui minha demissão!

– E você viu isso? – pergunta Tomás, se esforçando em mostrar interesse.

– Foi na minha frente!

Tomás se aproxima de Fernanda, carinhoso:

– Tudo bem? Muitas páginas, hoje?

– Prum feriado, não foi mal.

Ernesto tenta resgatar a atenção de Tomás:

– Você imagina a cara do Ataíde? Ninguém acreditou.

– E o faturamento? – pergunta Tomás – Janeiro costuma ser fraco pra mídia...

– Três campanhas prontas pra veicular, só falta fechar a verba.

– Você trabalhou hoje? Em pleno feriado? Essa tua dedicação toda é só trabalho, ou... – faz um gesto de sacanagem com a mão.

– Trabalho e... – Ernesto repete o gesto, sorrindo.

– Como era o nome dela? Mayara?

– Boa memória.

– Escuta aqui, nunca te ensinaram que onde se ganha o pão não se come a carne?

– A Mayara é nissei. Um sushizinho.

– Ah, entendi... – responde Tomás apontando com o copo a braguilha de Ernesto – pra comer com pauzinho.

– Sai pra lá...

Tomás deixa Ernesto e suas baboseiras sexistas e volta para perto de Fernanda, que tem os olhos fixos na TV.

– E isso? – ele diz casualmente, fazendo menção à TV.

Ernesto se antecipa a Fernanda, em tom irônico, grandiloquente:

– Esse é o "Grande Comício das Diretas!". Tua esposa aqui estava me cobrando engajamento.

– Eu não estava cobrando nada – diz Fernanda sem achar a menor graça. Tomás e Ernesto trocam olhares cúmplices.

– Não sei como vocês não percebem – ela continua, impaciente – o significado do que está acontecendo.

Tomás toma um gole antes de comentar:

– Eu não quero tirar o vento do teu barquinho, meu amor, mas basta um puxão na coleirinha para que o nosso Congresso vote do jeito que o governo mandar. "Diretas Já" só se os generais quiserem. O que é pouco provável.

– Nada é pra sempre, Tomás.

– Não precisa me convencer disso. Eu convivo com o governo, estou vendo o regime se esgarçar. Não demora, e a maioria desses generais está em casa, de chinelo e pijama. Mas vão querer deixar claro que foi por decisão deles, não por pressão popular.

– Sabe, Tomás – diz Fernanda, voltando-se para ele –, essa tua postura pessimista às vezes irrita – olha para o filho. – E o Ernesto igualzinho.

– Claro que não ia demorar pra vocês me enfiarem nessa história... – diz Ernesto, brincando com os cubos de gelo no copo.

– Como assim, "o Ernesto igualzinho"? – insiste Tomás.

– Uma criatura criada à sua imagem e semelhança. Frio como você. Conformista e previsível como você.

Tomás sorri:

– Não precisa economizar nos elogios, meu amor.

– Você não se dá conta do que eu estou falando?

– Me explica melhor.

– Vocês dois parecem um coro mal ensaiado: "A realidade é essa e acabou. Não adianta sonhar com nada melhor".

– Claro que não! Tá me dizendo que teu filho não tem sonhos?

– Tô dizendo que você é um modelo pra ele! Dois que só se interessam pelo "faturamento".

– Lá vem você distorcer o que eu digo – diz Ernesto. – Não foi isso que eu disse.

– Foi exatamente isso!

– E te incomoda tanto que ele me tenha como modelo? – diz Tomás calmamente. – As pessoas, em geral, não me consideram um fracasso completo.

– Tomás, eu já tenho um aqui me tirando do sério. Não preciso de outro.

– Eu só quero entender por que eu seria um exemplo tão desastroso pra ele.

– Ele precisa entender que sucesso não é só ganhar dinheiro.

– Como o *meu* sucesso, é isso? Que pra você se resume a ganhar dinheiro.

– Você está confundindo as coisas de propósito.

– A verdade, meu amor, é que tua ligação com dinheiro é meio... digamos, romântica. Mas não se esqueça de que o privilégio de viver assim – faz um gesto largo percorrendo o apartamento –, imersa em romance e poesia, tem um preço.

– Não mistura tudo, Tomás. O assunto não é esse.

– Então vou precisar que você me explique de novo.

– Eu tenho plena consciência do privilégio que é poder viver e trabalhar como eu faço. Você sabe muito bem o valor que eu dou pra isso, sabe o que eu passei. O que o Ernesto e eu passamos. Mas isso não impede que eu queira que meu filho não viva só pro próprio umbigo. Com ele é só a "minha" carreira, a "minha" campanha, o "meu" prêmio...

– Ah, mãe – tenta intervir Ernesto –, não exagera...

– Pois eu acho – diz Tomás – que este é o momento exato para ele investir na carreira profissional. Você, como mãe, devia apoiar isso, em vez de...

Ernesto interrompe ambos com um gesto.

– Com licença, posso falar? Eu atravessei a cidade prum jantarzinho tranquilo com vocês. Sem estresse. Sem virar o objeto da discórdia. Não vamos arruinar a noite discutindo um assuntozinho indigesto como a minha vida, que tal?

– Ele tem razão, meu amor – diz Tomás tomando um gole. – Vamos aproveitar ao máximo esta noite "histórica" de luta pelo voto popular. Eu reservei mesa pra nós naquele francês que você ama. E tenho um Bordeaux perfeito para brindarmos os novos tempos democráticos – acrescenta com ironia indisfarçada.

– Cuidado, mãe – diz Ernesto. – Esse capitalista convicto com certeza tem segundas intenções.

– E quais seriam? – pergunta Tomás.

Ernesto responde solene:

– Dizem que "o homem que beija o chão por onde passa sua amada... com certeza sabe que o pai dela é o dono do terreno".

– Você tem razão, meu amor – diz Tomás com um sorriso cínico. – Esse teu filho virou mesmo um materialista patológico.

Fernanda esboça um sorriso:

– Se o interesse do Tomás em mim foi o patrimônio, se deu mal.

Ernesto passa o braço por trás da mãe, enlaçando-a.

EM JULHO DE *1959, pouco mais de três meses após aquele primeiro encontro regado a oxímoros e Benedetti, Héctor mudou-se do apartamento coletivo na rua Barão de Tatuí para o sobrado de Fernanda. Antes da mudança, acertou com os colegas a parte que devia no aluguel atrasado em pontuais dois meses a que o proprietário do imóvel há muito se acostumara.*

Fernanda Délia Barros morava numa casa de vila na rua Frederico Abranches, propriedade que seu pai comprara quando a filha se mudou para São Paulo para estudar Letras. Os oito sobrados da vila dividiam o acesso de entrada através de uma estreita viela de paralelepípedos. Na área comum, carros estacionados dividiam o espaço com as peladas da molecada. A peleja clássica, repetida muitas vezes a cada temporada, era "casas pares × casas ímpares", quando a falta de pontaria dos craques mirins colocava em risco os para-brisas e retrovisores dos veículos estacionados.

Fernanda era filha de uma pacata dona de casa e de um bibliotecário de Teófilo Otoni, que lhe inoculara, desde menina, o amor pelas letras – com preferência indisfarçada por autores latino-americanos. Desde pequena, Fernanda havia se acostumado ao perfume latino que ele aspergia pelos cômodos da casa. A figura grisalha e miúda costumava percorrer os cômodos com um livro nas mãos, declamando versos de seu poeta preferido, Pablo Neruda:

Se oscureció la extensión matutina,
trajes y telarañas propagaran la oscuridad, la tentación,
el fuego del diablo en las habitaciones.

Obscureceu-se a extensão matutina,
trajes e teias de aranha propagaram
a escuridão, a tentação,
o fogo do diabo nos quartos.

Una vela alumbró la vasta América
llena de ventisqueros y panales.
Y por siglos el hombre habló en voz baja,
tosió trotando por las callejuelas,
se persignó persiguiendo centavos.

Uma vela iluminou a vasta América
cheia de nevascas e colmeias.
E por séculos o homem falou em voz baixa,
tossiu trotando pelas ruelas,
benzeu-se buscando centavos.

Não restou a Fernanda muita escolha. O desejo de fazer dos sons espanhóis e castelhanos o pulsar de sua vida assentou seu caminho e apontou seu destino.

Nas rápidas semanas de namoro que antecederam sua mudança de endereço, Héctor impressionou-se com o espírito aguerrido de Fernanda no movimento estudantil. Embora cursasse apenas o segundo ano, ela se fazia ouvir nas reuniões com autoridade surpreendente. No começo, a participação dele nas assembleias limitava-se a embeber-se de cenas de Fernanda intervindo nos debates, defendendo suas opiniões, fazendo valer sua erudição literária para ganhar o respeito dos pares.

Héctor sentia-se inicialmente como um intruso naquelas reuniões, mas aos poucos foi se dando conta de que os temas abordados eram, em muitos pontos, os mesmos que discutia com seus colegas uruguaios antes da vinda a São Paulo. As mazelas latino-americanas não respeitavam fronteiras: a vergonhosa dificuldade de acesso das classes desfavorecidas à educação a que tinham direito pela Constituição; a evidente desproporção de presença de alunos não brancos, da pré-escola ao curso superior; o mau uso de dinheiro público no subsídio a estudantes de classe média cujas famílias tinham meios próprios para pagar por seus estudos. A lista era tão longa no Brasil quanto no Uruguai.

Aos poucos, Héctor começou a se manifestar, oferecendo experiências de sua vida acadêmica além-fronteiras que contribuíam para ampliar o debate. Em poucas semanas, tornou-se figura conhecida, cuja opinião era ouvida e considerada pelos colegas. Além disso, ganhou respeito e reverência da tribo por ter conquistado ninguém menos que Fernanda, a musa das passeatas. Ganhou logo o apelido "Tupamaro", homenagem ao recém-criado movimento marxista uruguaio que promovia assaltos-relâmpago e distribuía o dinheiro aos pobres. O sobrado da Frederico Abranches transformou-se numa espécie de ponto de encontro para reuniões políticas. O quintal comum às casas da vila vivia tomado por faixas e cartazes recém-pintados, esticados em suportes improvisados sobre o piso de paralelepípedos até que a tinta secasse; o espaço era disputado com a molecada, que ajudava a pendurar cartazes ainda úmidos, se lambuzando com a tinta de slogans de repúdio ao imperialismo ianque, num engajamento precoce e involuntário.

Nos Centros Acadêmicos daquele final de década, respirava-se um ar de esperança em ações de transformação da sociedade. Discussões inesgotáveis tratavam de nacionalismo, submissão a interesses estrangeiros (norte-americanos em particular), socialismo × capitalismo, erradicação da miséria, movimentos de alfabetização em massa e luta por uma parcela maior do orçamento federal para a Educação. Concorrendo com essa pauta, havia debates que dividiam os estudantes em duas facções: uma liderada pela UNE, representante dos estudantes do ensino superior, e outra pela Ubes, entidade dos secundaristas. Estes eram muito mais numerosos e se ressentiam por não ter protagonismo proporcional à sua presença nos atos de protesto ou na mídia. Um dirigente secundarista reclamava: "Os universitários nos usam como bucha de canhão, porque *somos nós que fazemos número nas passeatas, mas na hora de levar a fama, de aparecer no jornal na televisão, são sempre eles, os universitários".*

Diferenças internas à parte, a virada para os anos 1960 encontrou o movimento estudantil com a faca nos dentes, disposto a se fazer ouvir a qualquer custo – o que não demorou a acontecer. Após a renúncia de Jânio, em agosto de 1961, quando forças conservadoras se movimentaram para impedir a posse do vice João Goulart, os estudantes foram às ruas, tomando parte ativa na Campanha da Legalidade, comandada por Leonel Brizola a partir do Rio Grande do Sul.

Fernanda e Héctor teriam certamente tido participação maior nessa mobilização, não fosse por um detalhe: no final de 1960, Fernanda dera à luz um menino: Ernesto Barros Méndez.

19h30
Fernanda, Ernesto e Tomás

NUMA DAS RUAS adjacentes à Praça da Sé, a câmera enquadra o ator Raul Cortez, que responde à pergunta de uma repórter:
– Os artistas sempre traduziram as emoções e os sentimentos de um povo. Nós sempre estivemos acostumados a estar na vanguarda das coisas. E agora nós fomos aleijados: censura econômica, censura cultural, chegamos a isso. Nós temos o direito, exigimos a volta disso. Então chegou o momento: nós, atores, artistas, estamos aqui, junto com vocês, à frente dessa caminhada, essa marcha, para as Diretas 84.
Os três estão em torno da TV. Após alguns segundos, sem tirar os olhos da tela, Tomás comenta:
– Me lembra o Chile em 1970. Os comícios da campanha do Allende. As avenidas de Santiago também eram um mar de gente.
– Chile... – murmura Ernesto – tinha me esquecido de que você andou por lá. Fernanda se levanta de repente: – Deixa eu me trocar, pra gente poder sair. Ao passar por Ernesto, dá um beijo nos cabelos do filho.
– Pensa no que eu te falei.
Tomás espera que ela desapareça em direção aos quartos antes de tomar um gole e perguntar:
– Ela te falou o quê?
– Nada demais. Sonhos.

Tomás assente com um vago movimento de cabeça, opta por não esticar o assunto. Volta a atenção para a TV.

– Quanto tempo você ficou mesmo no Chile? – pergunta Ernesto.

– Cinco anos. De 67 a 72.

– Não é pouco tempo.

– O Chile é *pit stop* obrigatório para quem quer fazer carreira na companhia. O cobre de lá abastece as filiais da empresa no mundo inteiro.

Na TV, uma tomada panorâmica no palanque mostra, lado a lado, o governador Franco Montoro, organizador do comício; Ulysses Guimarães e Lula, presidentes, respectivamente, do PMDB e do PT; o senador Fernando Henrique Cardoso; o prefeito de São Paulo, Mario Covas; Leonel Brizola, governador do Rio de Janeiro; e José Richa, governador do Paraná, cuja capital já sediara comícios pelas Diretas. Mais atrás, o senador Severo Gomes, o vice-governador de São Paulo, Orestes Quércia, o ator e compositor Mario Lago e a cantora Fafá de Belém.

– Veja esse circo – continua Tomás, fazendo menção à TV. – Todo mundo quer holofote nesse picadeiro.

Ernesto parece não ter ouvido e segue no assunto anterior.

– Se eu me lembro bem, Santiago não foi teu primeiro posto fora do Brasil.

– Não, não foi. Em 55, os gringos me transferiram do Brasil para o México. Cheguei como gerente de produto e saí três anos depois pra assumir a diretoria de vendas em Buenos Aires. Anos de ouro pra companhia. Nunca crescemos tanto. Nem ganhamos tanto dinheiro.

– E depois da Argentina?

Tomás toma um gole antes de continuar.

– O que aconteceu foi que em junho de 62 eu estava de férias e resolvi ir ao Chile, assistir à Copa do Mundo. Um jornalista conhecido me arrumou passe livre na concentração da seleção brasileira em Viña Del Mar, onde o Brasil jogou a primeira fase. Conheci o time inteiro. Até hoje tenho fotos com o Djalma Santos, com o Bellini, o Nilton Santos. Joguei sinuca com o Vavá e com o Pelé.

– Nunca soube disso.

– Eu adorei o Chile. As pessoas não tinham aquele jeito pernóstico dos argentinos, que se acham superiores em tudo. No ano seguinte, no final de 63, eu soube que o presidente da filial chilena estava com problemas de saúde e comecei a mexer os pauzinhos pra me transferirem de Buenos Aires para Santiago. Pedi pra assumir uma diretoria, mas o que eu queria mesmo era a presidência da UE no Chile.

– E?

– Teria sido um golaço, mas não deu certo.

– O que aconteceu?

– Aconteceu que a situação política no Brasil na virada de 63 pra 64 estava tensa demais, com a tal agenda de reformas do Jango. A companhia, como todas as grandes empresas, brasileiras e estrangeiras, estava se borrando toda. Não tinha ambiente pra se planejar nada. Segurança zero pra fazer negócios. O Jango só falava em reformas agrária, bancária, eleitoral... e ainda ameaçava com estatização, desapropriações... – toma um gole de uísque – O roteiro era de ruína total pra quem queria investir no Brasil.

Ernesto aguarda, sem tirar os olhos da TV. Tomás continua:

– Os gringos achavam que, se não se fizesse nada, a cubanização do país era só uma questão de tempo. Eu tentava acalmá-los, dizia que não havia apoio nacional para uma virada tão radical no país. Mas eles decidiram que nesse cenário preocupante eu seria mais útil no Brasil que no Chile. Me trouxeram meio às pressas de Buenos Aires para São Paulo. Quando eu cheguei, as coisas por aqui estavam bem complicadas.

LOGO APÓS O *nascimento de Ernesto, Héctor tomou a decisão de se tornar cidadão brasileiro. O fato de ter um filho brasileiro facilitou os trâmites, e em setembro de 1961, menos de um ano após o início do processo, Héctor Méndez recebeu os papéis oficiais de sua nova cidadania. Para facilitar a burocracia, o casal havia oficializado sua união civil no cartório do bairro. Fernanda adotou o sobrenome Barros Méndez, mas foi a paternidade de Ernesto que se mostrou decisiva para que Héctor se tornasse cidadão brasileiro sem enfrentar maiores dificuldades.*

Mais complicado foi reorganizar a vida da família Méndez. O pequeno Ernesto havia virado de cabeça para baixo os planos acadêmicos e a atuação política de Fernanda e Héctor. Ambos reduziram ao mínimo os créditos cursados na faculdade para dar conta do bebê, não interromper os estudos e manter alguma forma de contato com a agitação estudantil. A ordem era apoiar Jango a qualquer custo, evitando que os militares rasgassem de vez a Constituição e tomassem o poder.

Antes da chegada de Ernesto, o casal era figurinha carimbada no planejamento e na organização das manifestações, especialmente entre o pessoal da USP. Não abriam mão de estarem presentes nos comícios e marchar nas passeatas. Agora, tudo mudara. Era impraticável arrastar o menino, que mal começava a andar, para as reuniões do Centro Acadêmico, e inseguro levá-lo a qualquer ato de protesto. Exceto nas raras ocasiões em que algum companheiro se dispunha a ficar com Ernesto por algumas horas, Héctor e Fernanda eram obrigados a se revezar. O resultado foi o crescimento da visibilidade de Héctor no alvoroço político, enquanto Fernanda se resignou a ficar em segundo plano.

No movimento de resistência às tentativas de negar a Jango a posse prevista na Constituição, a UNE havia se transferido para o Rio Grande do Sul, realizando passeatas de protesto. Criou-se uma improvisada, mas eficiente, imprensa clandestina: os discursos inflamados do governador Leonel Brizola no Palácio Piratini, transmitidos pela Rádio Guaíba, eram transcritos, reproduzidos em mimeógrafos e distribuídos em ações de panfletagem pelas ruas de Porto Alegre.

Por fim empossado – oito meses após a renúncia de Jânio, com poderes reduzidos, inaugurando o sistema parlamentarista no Brasil –, Jango fez questão de receber os dirigentes da UNE em seu gabinete, reconhecendo de forma explícita a importância dos estudantes no embate ao movimento que tentara impedir sua posse.

Nesses meses aflitos, com o casal se ressentindo do encolhimento da militância política, Héctor resolveu recorrer às suas fiáveis companheiras – as palavras – para aliviar essa frustração, inserindo pitadas de bom humor no dia a dia da "pareia" (casal, em portunhol). O instrumento escolhido foram os oxímoros, que desde a aula inaugural do professor Plínio tinham se tornado uma espécie de piada privativa do casal.

Junto à louça lavada por Héctor, Fernanda passou a encontrar pequenas tiras de papel contendo uma frase manuscrita, como: "Eu daria meu braço direito para ser ambidestro".

Ao voltar tarde da noite para casa, após intermináveis discussões políticas com colegas de faculdade, era Héctor que encontrava em meio aos seus livros tirinhas escritas com a letra dela: "É muito difícil ficar calada, especialmente quando não se tem nada a dizer".

E à noite, aguardando junto à luminária da mesa de cabeceira, Fernanda podia encontrar algo como: "A maior responsabilidade de um artista é ser irresponsável".

Eram pequenos suspiros que alargavam breves sorrisos e temperavam o dia, mas eram insuficientes para aliviar as tensões do momento. O clima de polarização do país aumentava a olhos vistos. Havia a clara sensação de que algo se romperia, e em breve.

Em março, o presidente da UNE à época, José Serra, participou no Rio de Janeiro do Comício da Central do Brasil, ou "Comício das Reformas", que viria a ser considerado o estopim do golpe militar, pouco mais de uma semana depois. Com transmissão pela Rádio Nacional do Rio de Janeiro, até altas horas, Jango discursou para mais de 300 mil pessoas, conclamando "entidades estudantis, camponesas e sindicais" a apoiar profundas reformas no país. Desapropriações, nacionalizações, reformas agrária, política e tributária, extensão de voto para analfabetos e militares de baixa patente... o cardápio era extenso. Poucos dias depois, a reação: a Sociedade Rural Brasileira, com o apoio do governador de São Paulo, Adhemar de Barros, promoveu uma "passeata anticomunista", autointitulada "Marcha da Família com Deus pela Liberdade", pedindo a cabeça do "presidente socialista".

A ruptura veio na virada de 31 de março para 1º de abril – ironicamente, o Dia da Mentira.

O país assistiu atônito ao grau de violência da repressão logo nas primeiras horas após o golpe. A sede da UNE, na praia do Flamengo, foi incendiada de forma criminosa por militantes de direita; o líder comunista Gregório Bezerra, que tinha ganhado notoriedade no fracassado levante comunista de 1935, foi preso em seguida no interior de Pernambuco e transferido para o Recife, onde, com transmissão televisiva local, após ter os pés imersos em ácido, foi obrigado a andar sobre pedregulhos afiados e arrastado pelas ruas, enquanto oficiais incitavam a população a linchá-lo; ato contínuo, os militares editaram a Lei Suplicy de Lacerda, que *jogou na ilegalidade a UNE e as Uniões Estaduais de Estudantes (UEE). A representação única dos estudantes passava numa penada à tutela do Ministério da Educação. Os estudantes esboçaram uma reação, mas foram reprimidos com violência.*

Nos meses que se seguiram ao golpe, Fernanda e Héctor se viram num estado que lhes era inédito: uma sensação de apatia, de imobilidade, de não enxergar uma forma clara de reação. Vários colegas haviam sido presos sem qualquer acusação formal, e o casal se preocupava com sua segurança e a de Ernesto. Pouco havia a fazer além de organizar a agenda de suas matérias na faculdade a fim de evitar sobreposição de aulas, para que um deles estivesse sempre a cargo do garoto.

A caminho da faculdade, nos dias em que frequentava aulas, Héctor costumava subir a rua Dona Veridiana, bordejando a Santa Casa de Misericórdia até a rua Maria Antônia. Às vezes, na altura das ruas Martinico Prado ou Marquês de Itu, cruzava com uma figura que aos poucos se tornou parte da paisagem: um jovem alto, magro, sempre enfiado em roupas claras. Tinha o olhar sereno e um sorriso inabalável nos lábios.

Um dia, apresentaram-se:
– Prazer, Ricardo – disse o personagem espigado estendendo a mão.
– Héctor, prazer.
– É você que o pessoal da faculdade chama de "Tupamaro", não?
– Me deram esse apelido – respondeu Héctor –, mas não tenho nada a ver com eles, a não ser o fato de ter nascido no Uruguai.
– Não seria vergonha se tivesse. Os tupamaros são destemidos.
Héctor aguardou alguns passos antes de perguntar:
– Você cursa o quê?
– Filosofia – respondeu Ricardo. – E você?
– Letras. Dialetos fronteiriços.
– Interessante. Eu vou bastante ao Rio Grande do Sul, nós temos muitas atividades por lá.

— "Nós"?
— A ordem dominicana.
Héctor se surpreendeu, Ricardo percebeu.
— Sou frei dominicano. Nosso convento fica em Perdizes, por isso você muitas vezes me vê vindo de lá – disse, apontando a direção em que o bairro de Higienópolis fazia divisa com Pacaembu e Perdizes –, embora eu não more no convento.
Héctor procurava rebuscar na memória o que sabia sobre os dominicanos. Não era muito.
— Há outros freis estudando na faculdade?
— Uma dúzia, mais ou menos, incluindo os que assistem a aulas como ouvintes.
Andaram mais alguns passos, e Ricardo perguntou:
— E uruguaios, tem muitos na escola?
— Que eu saiba, o único "escroncho abombado" sou eu.
— Escroncho abombado?
— Sujeito esquisito, meio palerma, em portunhol, meu idioma natal. É uma língua boa pra inventar desaforo.
Ricardo sorriu, divertido. Ambos se deram conta de que nascia ali uma cumplicidade inesperada.

Alheio a assuntos da igreja, tanto em seu país natal como no Brasil, Héctor nunca se interessara em saber sobre ordens religiosas. O contato com Ricardo e com seus colegas de convento que estudavam na USP lhe trouxe uma perspectiva até então desconhecida sobre a missão a que se dedicavam os dominicanos. O princípio fundamental da ordem era resgatar ideais cristãos de resistência em defesa dos oprimidos. Para isso, as pregações deviam ser feitas de maneira simples, de fácil entendimento por todas as classes sociais. A ordem determinava também que seus conventos funcionassem segundo regras democráticas e mantivessem a tradição de militância política. Tinha tido importante atuação, por exemplo, no acolhimento a perseguidos pelo nazismo na Segunda Guerra Mundial.

O Convento Santo Alberto Magno tinha se instalado na rua Caiubi, no bairro paulistano de Perdizes, em 1938, após a compra de uma ampla propriedade da família Cardoso de Almeida. Na década de 1950, seria erguida a Igreja Matriz de São Domingos. Ao oposto de outras ordens que exigiam dedicação exclusiva ao sacerdócio, os dominicanos eram incentivados a complementar sua formação além dos muros da igreja. Cursar instituições laicas de ensino era evento comum, assim como a busca de trabalho em atividades frequentemente ligadas ao jornalismo, ao mercado editorial e à produção intelectual.

Na USP, Ricardo apresentou Héctor a um grupo de frades que, em sua maioria, fizera seus votos de pobreza, castidade e obediência na década de 1950, concluindo o noviciado no Convento da Serra, em Belo Horizonte: Oswaldo Rezende, Luiz Felipe Ratton, Fernando de Brito, Ivo (Yves) Lesbaupin, Roberto Romano, Magno Vilela, Tito de Alencar, quase todos estudantes de filosofia. Em 1962, tinham conhecido Herbert José de Souza, o "Betinho", irmão do cartunista Henfil, que militara na Juventude Universitária Católica (JUC) e na Ação Popular (AP). Frei Ratton seria o inspirador, anos mais tarde, do fradinho "Baixim", personagem baixinho, barrigudo e irreverente das tiras de Henfil publicadas no semanário Pasquim e no Jornal do Brasil.

Héctor foi, aos poucos, ficando intrigado e um tanto fascinado com o universo de frei Ricardo e seus colegas, que buscavam mesclar a dimensão espiritual da vida com ações concretas junto à sociedade. As ações dos frades eram baseadas em convicções firmes, que lhe pareciam, às vezes, mais consequentes que a retórica revolucionária repetitiva de seus colegas de faculdade.

Ao relatar a Fernanda suas conversas com Ricardo e os demais religiosos estudantes da USP, Héctor viu-se diante de um exemplo explícito da legendária desconfiança mineira.

– Você não acha que tem coisa aí? – perguntou ela.
– Que tipo de coisa?

– Não te parece que essa história de padre estudando na USP é na verdade uma estratégia deles para arrebanhar fiéis?
– Arrebanhar? Palavra engraçada.
– Não conhecia?
– Não. Me faz sentir parte de um rebanho. Em portunhol, se diz "aculherar".
– Aculherar, então. Não acha que é isso que eles querem?
– Acho que eu não conheço ninguém tão desconfiada quanto você. Só falta dizer que o sino da igreja deles badala mensagens cifradas de uma seita secreta.
– Nunca se sabe...
– A ordem para a qual eles fizeram votos não tem clausura. Você acha que o fato de eles serem devotos é impeditivo para que eles cursem filosofia? Ou para que queiram ter uma formação mais aberta?
– Não, acho que não. O tempo dirá se eles têm segundas intenções.

O tempo, de fato, se encarregou de suavizar as desconfianças de Fernanda. De forma amena, quase delicada, a presença daquelas figuras constituídas em partes iguais de fé cristã e justiça social foi se fazendo sentir, sorrateira, no cotidiano do sobrado da Frederico Abranches.

Com a repressão crescente, essa presença, ainda que apenas marginal, servia como uma espécie de bálsamo, um refúgio perante a sensação de insegurança que pairava sobre o país, sobre o movimento estudantil e sobre o pequeno núcleo familiar da Frederico Abranches.

Com o tempo, essa relação ganharia contornos que a imaginação do jovem casal jamais seria capaz de cogitar.

19h40
Fernanda

"**VOCÊ ACHOU QUE** ia mudar o mundo, mãe, mas foi o mundo que te mudou."

A frase de Ernesto martela minha cabeça sob a água escaldante do chuveiro, como se a autopunição da água fervente me ajudasse a purgar a confusão de sentimentos que esta noite despeja sobre mim.

Ernesto nunca tinha me dito isso, frente a frente. Pelo menos não de forma tão crua, e essas palavras não me saem da cabeça. São como um alarme, uma agulhada para que eu desperte do péssimo hábito de me aconchegar a uma versão idealizada sobre o que meu filho realmente pensa de mim.

"Hoje, a tua vista é daqui, do andar de cima, da varanda panorâmica", ele disse, completando a estocada.

É isso o que ele pensa de mim: que eu sou uma fraude.

Desligo o jato d'água e me entrego, pela milionésima vez, ao exercício inútil de retraçar o que passamos juntos e localizar o momento em que entreguei os pontos. Quando me cansei do esforço de contestá-lo e me conformei com a fenda que se abria entre nós. O inventário de perdas e privações que atravessamos é longo. Nossa história, como todas, é um ser mutante, que, submetido a tentativas de resgate, se apresenta sempre diferente. Os fatos são fluidos, forrados de dúvidas: foi assim que aconteceu?

Foi isso que eu disse? Foi essa a reação dele? O resultado é uma colagem difusa, onde há mais dúvidas que convicções.

Me vêm à cabeça os versos de Lorca, que carrego desde sempre:

Hoy siento en el corazón	Hoje sinto no coração
un vago temblor de estrellas,	um vago tremor de estrelas,
pero mi senda se pierde	mas meu caminho se perde
en el alma de la niebla.	em meio à alma da névoa.
La luz me troncha las alas	A luz corta-me as asas
y el dolor de mi tristeza	e a dor de minha tristeza
va mojando los recuerdos	vai molhando as lembranças
en la fuente de la idea.	na fonte da ideia.

Sento-me em frente ao espelho e penteio o cabelo. Ouço vozes embaralhadas vindas da sala. Risadas. Imagino Tomás e Ernesto observando o comício na TV como cientistas que observam espécimes numa lâmina de laboratório, desprovidos de qualquer réstia de emoção que aquele ato público evoca. Ernesto fascinado, bebendo as palavras de Tomás, que de forma intragável traça paralelos entre as breves convulsões socialistas de chilenos e brasileiros, duas narrativas natimortas esmagadas por baionetas e coturnos.

Tento pensar no que o comício de hoje pode representar para o país, mesmo que a emenda das Diretas seja derrotada em nosso Congresso de araque. Derrota mais que provável, como bem sabem todas aquelas figuras disputando o microfone no palanque.

Mas meus pensamentos teimam em voltar a Ernesto. Não consigo me conformar com o muro disforme que se ergueu entre nós. Lembro-me de que houve capítulos na nossa rota acidentada – como nos momentos de pânico, cientes de que podíamos ser presos a qualquer instante – em que me convenci de que, por trás do cenário de horror e da insegurança, pingavam pequenas gotas de conforto: imaginei que o que atravessávamos nos uniria para sempre; que nascia ali uma ligação cuja profundidade nenhuma escolha futura, dele ou minha, poderia abalar. Em meio à incerteza e ao horror, era reconfortante – e irônico – acreditar que o medo e a privação seriam a argamassa que manteria intacto o andaime que erguíamos juntos, mesmo que alguns pedaços de reboco se soltassem com o passar dos anos.

Hoje me dou conta de quão ingênua foi essa ilusão. Nossas conversas truncadas deixam sempre um travo, como se as palavras se enchessem de amargor logo ao sair de nossas bocas. Os vaivéns de nossas tentativas de defender uma ideia – discordar, justificar-se, retrucar – são como investidas da maré, que ao refluir deixa expostos, semienterrados na areia, desejos enferrujados e mal escondidos de machucar um ao outro.

"Tua vista é daqui, do andar de cima."

Embutida nessa estocada está a afirmação de que minha militância política era falsa. De que no fundo eu me contentaria em ser a madame rasteira, estereótipo da mulher que eu afirmava desprezar. Ou a acusação de que, após entregar os pontos, eu resolvera compensar as privações dos tempos escuros caçando alguém endinheirado que me permitisse viver no "andar de cima", com vista para o povo apequenado lá embaixo. O mesmo povo que agora se mobilizava na tentativa de reconstruir o país do qual aquela mulher lá em cima, "na varanda panorâmica", desistira há tempos.

A ressaca do bate-boca com Ernesto, temperada com o sorriso paternalista de Tomás, me dá um nó no estômago. Prefácio indigesto para um jantar sofisticado, programa que não faz o menor sentido numa noite como a de hoje. Suspiro resignada, me enrolo numa toalha e me ponho a escolher o vestido mais insosso do closet. Quero ficar em segundo plano – se possível, invisível – no restaurante francês. A noitada é decididamente deles, não minha.

Estendo o vestido sobre a cama e ligo a TV, que ocupa a posição central na estante de livros em frente à cama. Sintonizo o comício,

e os discursos continuam. Quem fala agora é Leonel Brizola, com seu inconfundível ritmo pausado, frases claramente separadas:
– Somos 120 milhões de habitantes. Este processo não vai parar. Aconteça o que acontecer em Brasília, podem construir os artifícios que quiserem, governo neste país só será estável, só poderá existir mesmo, é com o voto do povo brasileiro.

A imagem corta para um ângulo inferior onde se vê, em primeiro plano, o palanque apinhado de gente. Mas o que captura o meu olhar é o pano de fundo. As torres da Catedral da Sé parecem brotar da estrutura rústica do palanque. Pontas de lança que apontam, acusadoras, para o céu sobre os homens.

Sou transportada a outra igreja, em outra vida, em cujo espaço de culto não havia divisões, colunas, apenas uma nave única, feita em pedra, teto abaulado, iluminação indireta.

"Não queremos nada que possa atrapalhar o encontro do fiel com a palavra de Deus", fora a explicação dada por aquele frade de sorriso tímido, que ornava o rosto arredondado.

Foi onde ouvi pela primeira vez o nome daquele que, sem o saber, reescreveria por completo o rumo da minha vida.

AQUELE HOMEM ALTO *e forte, que se definia simplesmente como "um mulato baiano", não queria muito: apenas uma nova muda de roupas.* Havia mais de mês – desde a noite do golpe militar, quando escapara por um triz de ser preso – que ele circulava com as mesmas roupas, quase sempre com as canelas sem meias. Figurino insólito para quem fora deputado federal constituinte e líder partidário. Entre seus conhecidos, havia quem interpretasse sua aparência desconjuntada como uma irônica declaração de privação franciscana – algo desnecessário a um ateu resoluto, como convém a um comunista convicto. Mas naquele sábado, 9 de maio de 1964, ele finalmente se livraria daqueles panos que já grudavam em sua pele, de tão usados. Estava tudo combinado com Valdelice, a fiel zeladora do prédio do Catete onde morara até escapar da polícia. O encontro para a entrega do pacote seria em frente ao Cine Eskye-Tijuca, cuja atração em cartaz era a comédia **Rififi no safári**, *estrelando Bob Hope e Anita Ekberg.*

Carlos Marighella sabia que não podia facilitar. O homem obcecado por sua prisão era ninguém menos que Cecil Borer, chefe do Dops carioca, figura temida mesmo entre as figuras mais hediondas no prédio da rua da Relação. Ex-atleta da equipe de arremesso de peso e disco do Fluminense, Borer tinha sido recrutado para a polícia de Vargas nos tempos em que o carrasco Filinto Müller dava preferência a atletas parrudos, com músculos demais e escrúpulos de menos. Devido ao sobrenome e à notória admiração de Vargas pelo regime nazista, Borer era tido pelos colegas como descendente de alemães, mas era, na verdade, filho de um imigrante inglês.

O agente João Macedo vigiava Valdelice há tempos, certo de que em algum momento ela levaria a Marighella a correspondência que se acumulava. Naquela manhã, ele se vestira de gari e, em dupla com outro agente, aguardava Valdelice e seu pacote de roupas desde as primeiras horas da manhã. Tomaram o mesmo ônibus que ela, rumo à Tijuca, desceram no mesmo ponto da praça Saens Peña e viram-na obedecer ao sinal de Marighella para que entrasse no cinema. Macedo correu a um telefone e avisou Borer. Este lhe ordenou que ganhasse tempo para a chegada de reforços, e avisou:

– Cuidado, que o Marighella é valente.

Macedo entrou no cinema, abordou o gerente e foi com ele à cabine de projeção. Precisava que o operador simulasse uma trapalhada – rolos de filme trocados, interrupção da projeção – para atrasar o reinício da sessão. Minutos depois, as luzes da sala se acenderam, e quatro agentes deram voz de prisão ao mulato. Um deles tinha um revólver apontado para seu peito.

Marighella teve certeza de que ia morrer. Partiu pra cima dos meganhas e gritou:

– Matem, bandidos! Abaixo a ditadura militar fascista! Viva a democracia! Viva o Partido Comunista!

O tiro à queima-roupa foi um só, mas as perfurações somaram três. A bala entrou pelo tórax, saiu pela axila e se alojou no braço esquerdo. O resto da plateia, apavorada, se atirou ao chão, mas Marighella, mesmo ferido, decidiu lutar. Num movimento de capoeira, girou e chutou longe um dos policiais. Deu pernadas, destruiu cadeiras, não se deixou dominar. Agora já eram oito agentes a tentar arrastá-lo para o "tintureiro" (veículo para transporte de presos) estacionado à porta. Marighella seguiu distribuindo chutes e bordoadas. O paletó, empapado de sangue, ficou no chão. Os populares na rua contaram catorze homens tentando enfiá-lo na viatura até que uma pancada na cabeça o deixou desacordado. Do cinema ao Hospital Souza Aguiar, depois à Penitenciária Lemos de Brito e finalmente ao Dops de São Paulo. Graças a um habeas corpus impetrado pelo advogado Sobral Pinto – no qual se argumentava que nenhum delito havia sido imputado ao seu cliente –, Marighella foi posto em liberdade após 83 dias de prisão (o recém-instaurado regime militar ainda respeitava minimamente decisões judiciais). Solto em 31 de julho, o "sr. Preto" (como viria a ser conhecido na organização que criaria dali a alguns anos) nunca mais sairia da clandestinidade em que vivera a maior parte de sua vida.

No dia seguinte à emboscada na Tijuca, a prédica da concorrida missa dominical na Igreja de São Domingos, no bairro paulistano de Perdizes, foi incisiva ao comentar o fato. Que um ex-deputado federal, dirigente partidário e ex-preso político tivesse sido baleado à luz do dia pelas forças de repressão foi apresentado como exemplo claro de que a ilegalidade e a violência avançavam a passos largos no país.

A frequência das missas dos dominicanos era sempre alta. Os religiosos aproveitavam o "salvo-conduto" que – acreditavam eles – a igreja lhes concedia para criar um ambiente de contestação e expressão livres. Os presentes eram levados a refletir sobre o fato de que a ditadura era incompatível com os valores do Evangelho. Recorrendo frequentemente a metáforas e parábolas, os frades afirmavam que o povo tinha direito à liberdade e à democracia.

A prisão de Marighella foi também tema de debates nas conversas internas do convento dominicano, no casarão ao lado, para os quais Héctor era convidado. No total, por ali circulavam cerca de cem seminaristas e religiosos. Muitos dos frades apresentados por Ricardo a Héctor haviam militado na Juventude Estudantil Católica (JEC) e Juventude Universitária Católica, movimentos nascidos da Ação Católica (AC), que pregava uma igreja renovada, praticante *de um cristianismo progressista. Conventos dominicanos em várias partes do país, especialmente em Belo Horizonte e São Paulo, eram frequentados por universitários e secundaristas. Estudantes perseguidos pela polícia eram lá acolhidos e conviviam com os frades por longos períodos. O nível de engajamento nas causas sociais chegou ao ponto de o Convento de São Paulo criar em 1963 a publicação Brasil Urgente, que sobreviveu por 55 edições, antes de ser fechada pelo regime militar sob acusação de "propagação de ideologia comunista". Eram atacados de forma feroz pela organização Tradição, Família e Propriedade (TFP) e por alguns bispos indignados com suas posturas progressivas. Desde 1965, era do conhecimento dos frades que havia sobre a mesa do general-presidente Castello Branco um decreto para expulsar o ordem do país.*

A acusação de que os dominicanos pregavam o comunismo vinha carregada de ironia. Havia uma oposição latente entre frades e estudantes de esquerda. Embora ambos os grupos partilhassem a convicção da necessidade de atuar pela transformação da sociedade, seus métodos eram antagônicos: os religiosos acreditavam na via do cristianismo engajado, rejeitando por completo a ideologia comunista; como resultado, eram vistos com indisfarçado desdém intelectual pelos jovens marxistas, para quem os frades eram corajosos e bem-intencionados, mas pouco abertos às mudanças radicais no cenário político-econômico que julgavam inevitáveis.

Héctor e Fernanda descartavam a pregação religiosa, mas encontraram no convívio com os dominicanos um alívio bem-vindo. Após o golpe militar, o casal tinha reduzido ao mínimo sua militância, tentando, por questões de segurança, desfazer a notoriedade que o sobrado da Frederico Abranches ganhara no passado como núcleo de planejamento de atos de protesto. Havia o receio de que estudantes presos podiam, sob coação ou tortura, delatar colegas.

Embora Fernanda e Héctor não tivessem ocupado posição de liderança, a eventualidade de terem seus nomes mencionados à polícia por seu engajamento ativo os assombrava.

As missas na Igreja de São Domingos passaram a fazer parte das atividades semanais do casal e do pequeno Ernesto, que corria e brincava pelos jardins do convento com filhos de fiéis. Naquele domingo em que a prisão de Marighella fora o assunto dominante na rua Caiubi, ninguém previa quão estreita seria, dali a poucos anos, a ligação entre o líder comunista e os frades de bata branca sedentos de justiça social.

19h59
Ernesto e Tomás

TOMÁS SE LEVANTA do sofá com o copo vazio e vai até o móvel junto à parede onde esperavam a garrafa de uísque e o porta-gelo.
— Espero que não estejam transmitindo esse comício nos Estados Unidos — diz, servindo-se de costas para Ernesto. — Os gringos já viram esse filme, e custou caro escrever o roteiro com o final feliz que eles queriam — toma um gole. — Caro demais.
— Já viram esse filme onde? No Chile?
— Lá também, mas aqui mesmo a história foi parecida. Aquele comício do Jango na Central do Brasil não era muito diferente disso que você está vendo aí.
— Não sei de que comício você está falando — diz Ernesto.
— Uma multidão do tamanho dessa daí ouvindo o Jango falar sobre nacionalização de empresas estrangeiras, tabelamento de juros, essas ideias brilhantes que já tinham dado errado mil vezes, em mil outros lugares.
— Quando foi isso?
— Início de 64. Menos de três semanas depois ele estava fugindo de Brasília com o rabo entre as pernas.
— E você ficou por aqui uns... três anos, é isso?
— Sim. Nessa altura as coisas já estavam sob controle, e eu voltei a mexer os pauzinhos pra ser transferido pro Chile, que

era meu plano inicial. Assumi a filial de lá em maio de 67, mas a calma por lá também não ia durar muito.

Tomás volta a se sentar junto a Ernesto.

– No Chile, a polarização e o radicalismo eram muito fortes. Até as Forças Armadas estavam rachadas. O país era uma joia, um lugar onde o mundo inteiro queria investir. Tinha tudo pra dar certo. Mas quando a esquerda ganhou as eleições, o Allende, em vez de compor com investidores, começa a estatizar tudo, especialmente as companhias estrangeiras. Dane-se tudo que tinha sido investido lá, durante décadas. Do dia pra noite, empresa multinacional virou sinônimo de bandido...

– ... e aí os gringos te trouxeram pro Brasil. De novo.

– Exato. Nos anos 60 e início dos 70 eu parecia um ioiô, de um país pro outro. Cheguei de volta aqui em março de 72, e não saí mais. Foi o fim dos meus anos pagando pedágio em filiais da UE no exterior.

– Todo o pessoal da companhia saiu do Chile?

– Não. Os empregados chilenos ficaram, especialmente os do escritório, esperando o que todo mundo sabia que ia acontecer.

O silêncio tem um sabor sombrio. Tomás aponta para a TV.

– Se você quiser saber, eu acho que movimentos como esse das Diretas só vão crescer. É inevitável. Nosso sistema de eleições tem que mudar. Militar escolher presidente, e o Congresso fingir que aprova, é uma aberração que já deu o que tinha que dar. O Geisel, faz tempo, já tinha entendido isso.

– É por isso que o governo está tolerando esses protestos?

Tomás toma um gole, pausadamente, antes de responder.

– O que o governo tinha que fazer agora é se antecipar. Ceder aqui e ali, evitar que as coisas saiam do controle. Agitação popular a gente sabe como começa, mas não sabe onde vai dar. É como panela de pressão: se deixar, um dia explode.

– Cede o quê? Deixa o Congresso aprovar a tal emenda das diretas?

— É melhor liberar o voto direto e controlar o processo de eleição do que bater de frente. Preparar o terreno pra tirar o time de campo — Tomás encara Ernesto antes de continuar. — O alto comando já sabe que o prazo de validade deles no poder está no final. O desafio agora é sair de cena evitando violência e caos.

Ernesto reflete por alguns segundos antes de perguntar:

— Controlar eleições diretas? Como?

— Com inteligência. Habilidade política. Criando regras para a eleição. Controlando a torneirinha do dinheiro, criando regras de financiamento eleitoral; filtrando os candidatos, eliminando os que querem botar fogo no circo; limitando a propaganda, controlando os meios de comunicação.

Na TV, Osmar Santos convoca o povo na praça a voltar a cantar o Hino Nacional.

— Você é um homem de comunicação — segue Tomás, tomando outro gole. — Pensa bem. Quem controla o processo, controla o resultado.

Ernesto mantém o olhar fixo na TV.

Tomás continua:

— O problema, como sempre, são os generais linha-dura que se acostumaram com o gostinho do poder. É difícil abrir mão do quentinho da poltrona do palácio. É duro enfiar na testa deles que, usando mais cabeça e menos porrete, as coisas não precisam mudar tanto assim.

Tomás volta-se para Ernesto antes de continuar.

— Eu sei do que estou falando. Quando cheguei no Chile, vi de perto o caos que se instala quando você deixa as coisas saírem do controle. Consertar depois é muito mais caro. E bem mais complicado.

TOMÁS, ASSIM COMO a maioria dos dirigentes de multinacionais norte-americanas instaladas no Chile no final da década de 1960, sabia que Richard Nixon jamais deixaria que interesses americanos fossem prejudicados naquele país. O que poucos fora desse grupo restrito sabiam era que as razões de Nixon extrapolavam a relevância geopolítica do Chile e o valor estratégico de sua produção de cobre. Eram de cunho pessoal.

Nem o presidente norte-americano, nem Henry Kissinger, seu então assessor de segurança nacional, tinham qualquer apreço pelo país e seu povo. Mas Nixon, no início da carreira de advogado, tinha conquistado sua primeira importante conta corporativa graças a Donald Kendall, executivo-chefe da Pepsi-Cola. O agora todo-poderoso presidente dos Estados Unidos considerava ter uma dívida pessoal com Kendall e estava determinado a não deixar que as fábricas da Pepsi no Chile fossem nacionalizadas por um governo socialista. Pouco importava que se tratasse de um governo democrático e legalmente eleito pelo povo chileno. Kissinger (que se referia ao Chile como "uma adaga apontada para o coração da Antártica") famosamente declarara: "Não vejo razão para permitir que um país se torne marxista apenas porque seu povo é irresponsável".

Tomás chegava ao Chile num momento político inédito no país. Desde o início da Guerra Fria, estabelecera-se um equilíbrio entre *as preferências eleitorais dos chilenos: um terço votava nos conservadores, um terço nos socialistas e comunistas, e um terço no centro, com os democratas cristãos. Era um arranjo confortável para os interesses norte-americanos, pois evitava que candidatos com ideias radicais à esquerda chegassem a posições relevantes de poder. Desde 1962, a CIA tinha carta branca para financiar maciças campanhas de propaganda na imprensa escrita e no rádio contra os partidos progressistas. Na eleição de 1964, a estratégia deu resultado e Eduardo Frei, candidato do Partido Democrata Cristão (PDC), se elegeu, sucedendo ao conservador Jorge Alessandri e derrotando um adversário que tentava a eleição presidencial pela quarta vez, após três campanhas fracassadas: o senador e ex-ministro da Saúde, dr. Salvador Allende Gossens.*

Durante o governo Frei, porém, o cenário mudou. Em 1967, quando Tomás assumiu o comando da filial chilena da United Energy, os partidos extremistas, tanto à direita quanto à esquerda, tinham se fortalecido, enquanto o centro perdia terreno. Os Estados Unidos continuavam a despejar milhões de dólares em propaganda, alertando agora para a ameaça que as ideias socialistas e a influência soviética representavam para o futuro do Chile, mas a polarização política aumentava. À medida que se aproximavam as eleições presidenciais de 1970, crescia a força da coalizão de esquerda (União Popular) e de seu incansável candidato Allende, que personificava o oposto do que Nixon e os conservadores chilenos queriam para o país.

No sistema eleitoral chileno, havia eleições diretas em primeiro turno com todos os candidatos elegíveis; os dois nomes mais votados eram então levados ao Congresso, onde, sessenta dias depois, era referendado o novo Presidente da República – normalmente o candidato mais votado no pleito direto. Nas eleições de setembro de 1970, Allende, concorrendo pela coalizão de esquerda, emergiu vitorioso, batendo o ex-presidente Jorge Alessandri do Partido Nacional por uma diferença de menos de dois pontos percentuais. A sessão do Congresso para dar posse ao vencedor foi marcada para

24 de outubro, mas o fato de que quase dois terços dos chilenos haviam rejeitado nas urnas o projeto progressista de Allende era um prenúncio sombrio do desfecho sangrento que aguardava os chilenos num horizonte próximo.

Em Washington, a pressão sobre Nixon e Kissinger por providências urgentes no Chile não vinha apenas do chefão da Pepsi-Cola. Representantes de outras empresas americanas, como a ITT (controladora da companhia chilena de telefonia), o Chase Manhattan Bank e os chefões de Tomás na United Energy também deixavam claro que esperavam ações imediatas do governo americano para defender seus investimentos. A relação conturbada entre os Estados Unidos e o Chile se desgastara antes mesmo do crescimento recente da esquerda chilena. Ainda no governo Frei, a questão da nacionalização das minas de cobre havia sido discutida em termos duros com as maiores empresas do setor no país, Anaconda e Kennicott, ambas controladas por corporações norte-americanas. Os americanos foram obrigados a chegar a um acordo, entregando os anéis para preservar os (lucrativos) dedos. Era um assunto que dizia respeito diretamente à gestão de Tomás e aos interesses da United Energy, que, além das fábricas locais de fios elétricos e fornecimento de linhas de transmissão ao governo, supria unidades industriais da companhia em várias partes do mundo com o cobre chileno.

Nixon não precisou de muito convencimento para pôr em ação um plano de duas vias: a via 1, oficial, centrada em ações diplomáticas; e a via 2, ultrassecreta, que envolvia ações de desestabilização e, se necessário, sequestro e assassinatos, a serem executados por chilenos, com o planejamento e financiamento da CIA. Era como se o presidente norte-americano revivesse as palavras de Carlos Lacerda em 1950, quando tentava abortar a candidatura de Getúlio Vargas à Presidência: "Esse homem não pode ser candidato; se candidato, não pode ser eleito; se eleito, não deve tomar posse; se tomar posse, não deve governar".

Havia, no entanto, obstáculos de curto e longo prazo na implementação dessa intervenção branca numa nação soberana, dado o pouco tempo restante até a confirmação de Allende pelo Congresso chileno.

O empecilho de longo prazo era a tradição militar chilena de se abster da vida política do país, fato que diferenciava o país de nações vizinhas. No Brasil, por exemplo, os movimentos tenentistas flertaram com a tomada do poder durante boa parte do século XX, desde a Revolta dos Dezoito do Forte de Copacabana em 1922, passando pela Revolta Paulista de 1924, pela Coluna Prestes, pela participação na tomada de poder pela Aliança Liberal em 1930, pela deposição de Getúlio Vargas em 1945 e se consolidando com o golpe de 1964, no qual quase todos os comandantes militares eram ex-tenentes de 1930.

O obstáculo de curto prazo atendia pelo nome de René Schneider, comandante em chefe das Forças Armadas e respeitado general constitucionalista, que se opunha radicalmente a qualquer interferência militar no processo eleitoral. Agentes da CIA chegaram rapidamente à conclusão de que Schneider não podia ser convencido ou comprado, e tinha de ser tirado de cena. Concebeu-se o plano de recrutar oficiais de extrema direita para sequestrá-lo, dando a impressão de que elementos de esquerda e apoiadores de Allende eram os responsáveis pela ação. O caos resultante, esperavam os autores do plano, levaria pânico ao Congresso, que se recusaria a endossar a posse de Allende em meio às graves acusações que atingiriam seu entorno político. Um golpe militar selaria o resultado esperado, com oficiais alinhados com os Estados Unidos tomando o poder no país. Restava aos operadores sob o comando de Kissinger recrutar os militares chilenos dispostos, mediante generosa compensação financeira, a levar o plano adiante.

Logo após sua chegada a Santiago, Tomás começou a frequentar eventos nos quais a comunidade de negócios, em particular os dirigentes das subsidiárias de empresas norte-americanas instaladas no Chile, se reuniam. Os encontros mais prestigiados aconteciam na Câmara de Comércio Chile-Estados Unidos (AmCham Chile), que se tornou importante centro de contatos para o novo executivo chefe da United Energy. Além de seus pares na comunidade empresarial, Tomás expandiu sua rede pessoal de contatos para incluir políticos de diversos partidos, líderes de associações de classe e militares de alta patente. Foi apresentado aos comandantes das três armas, incluindo os prestigiados generais René Schneider e Carlos Prats; a líderes sindicais, como León Vilarín, do poderoso setor de transportes; e também a oficiais de patente inferior, mas de alta influência, como o coronel Omar Peña, figura enigmática de quem se dizia ter tentáculos e musculatura poderosos no setor de inteligência do Exército.

Ainda nas semanas iniciais de aclimatação ao Chile, Tomás foi informado por seus pares da AmCham de que, operando nas sombras da vida política chilena, havia uma facção de cunho fascista chamada Patria y Libertad, à qual pertenciam empresários, burocratas do governo, dirigentes classistas e radicais de direita do Exército. As informações davam conta de que tanto o coronel Peña quanto o sindicalista Villarín eram ativos na organização. A milícia, de extrema periculosidade, tinha chamado a atenção do embaixador norte-americano Edward Korry, que alertara seu staff e o Departamento de Estado em Washington para evitarem contatos com o grupo. Em outubro de 1970, no entanto, seria justamente ao Patria y Libertad que Kissinger recorreria em busca de oficiais que aceitassem a missão de sequestro planejada para desestabilizar o país.

O primeiro a ser sondado foi o general Roberto Viaux (instável e pouco confiável, segundo relatórios da CIA), seguido do general Camilo Valenzuela, chefe do Batalhão de Segurança da capital chilena. Valenzuela era uma figura mais afável, que daria, segundo avaliação da CIA, uma aura mais palatável ao golpe junto à mídia e à opinião pública. Ambos se mostraram receptivos ao plano, aceitando os termos financeiros propostos pelos norte-americanos.

Duas tentativas malsucedidas de sequestro foram abortadas pelos homens de Valenzuela; na terceira, levada a cabo pelos homens de Viaux com armas fornecidas por agentes americanos, Schneider foi atacado ao sair de um evento público. Sacou sua arma para reagir, foi metralhado e morreu dias depois. O crime provocou um choque de indignação nas Forças Armadas e na opinião pública, que se uniram na defesa da Constituição, eliminando as chances de qualquer tentativa de desestabilizar o processo eleitoral. Viaux, Valenzuela e seus asseclas foram condenados como traidores da pátria. Apesar do fracasso, os valores combinados com a CIA foram devidamente repassados, bem como honradas as prometidas apólices de seguro protegendo as respectivas famílias. A data era 22 de outubro de 1970.

Dois dias depois, o Congresso Nacional do Chile ratificou o nome de Salvador Allende para presidir o país. Passados mais dez dias, em 4 de novembro, Allende tomou posse como o primeiro presidente de orientação marxista democraticamente eleito em todo o continente americano.

No Salão Oval da Casa Branca, 8 mil quilômetros ao norte do Palácio de La Moneda, o diretor da CIA, Richard Helms, anotava as novas ordens de Nixon: "Derrubem Allende. Preservem o país. Gastem o que for necessário. Façam a economia gritar".

Essa ordem – "Make the economy scream" – foi ouvida poucos dias depois por Tomás e por executivos de bancos, manufaturas, consultorias e fornecedores do governo chileno numa reunião reservada na AmCham. O recado era direto: todos deviam ajustar as operações de suas empresas para operar em regime mínimo de atividade, reforçar a segurança e afivelar os cintos.

A reação à vitória de Allende seria brutal.

20h12
Fernanda

DESVIO MINHA ATENÇÃO da TV do quarto e meus olhos percorrem as prateleiras que emolduram o televisor em frente à cama, como se procurassem algo por vontade própria. E logo acham: um livro de Benedetti, *Montevideanos,* que me acompanha desde meus tempos de estudante. Um texto que eu gostaria de ter traduzido.

Será que há algum significado na insistência de Benedetti em estar ao meu lado justamente hoje, com o povo cantando lá fora? Sou transportada ao universo do poeta, e me vem à cabeça um termo que ele passou a usar após retornar ao Uruguai, depois de dez anos de exílio. Um neologismo que imagino ser criação sua: o "desexílio".

O *desexilado* retorna do exílio possuído pela ilusão do recomeço no país que deixara. Imagina poder retomar a vida que lhe foi subtraída. Retorna à sua cidade, aos seus amigos, ao cenário que já lhe pertenceu antes da ausência forçada; revê lugares e reencontra pessoas, mas não todas: algumas já não existem, tragadas pelo tempo; outras fizeram questão de sumir, não querem ser encontradas, preferem ser esquecidas e deixadas para trás; e há as que não se escondem: dão ciência de que estão vivas, mas em outra parte – optaram por não voltar "à cena do crime", temendo não suportar a constatação de que a realidade não mais corresponde às lembranças que as mantiveram vivas por anos a fio. Não sobreviveriam à constatação de que sua memória foi erguida sobre estruturas defeituosas, cujas falhas o tempo se encarregou de expor.

Penso no que está se passando lá fora, na Praça da Sé. Será um recomeço? Uma oportunidade de retorno para *desexilados* como eu? Será que a mobilização popular desta noite nos dá a possibilidade de voltarmos ao país que deixamos – mesmo sem termos partido – anos atrás? Benedetti dizia que parte da sina do *desexilado* é aprender a conviver com a culpa por ter conseguido escapar enquanto outros sucumbiram. Será esse o meu caso?

Tiro o volume de Benedetti da estante e começo a folheá-lo, quando cai uma tira de papel. Antes de pegá-la no chão, já sei o que é: um oxímoro. Fico surpresa ao constatar que esse livro tenha me acompanhado desde os tempos da Frederico Abranches.

Seguro com cuidado o pequeno pedaço de papel e leio: *"Uma garota precisa ser muito experiente para saber beijar como uma principiante".*

Suspiro. Dobro o papel e o recoloco entre as páginas do livro. Abro a porta do quarto e grito em direção à sala.

– Tomás! Vem se trocar! Vai ficar tarde!

As imagens na TV imploram pela minha atenção. Repórteres estão entrevistando manifestantes nas ruas de acesso ao comício.

– Não tem volta – diz um senhor alto, de camiseta amarela e cabelos grisalhos presos num rabo de cavalo. – Eles fecharam o Congresso, mas a oposição voltou; mandaram gente pro exílio, todo mundo voltou; prenderam e mataram gente, mas nós estamos aqui.

Um grupo, com apoio de um bumbo, passa cantando "Um, dois, três! Quatro, cinco, mil! Queremos eleger o presidente do Brasil!" e encobre o som da entrevista. O senhor grisalho aguarda o grupo passar e continua:

– Com as Diretas também vai ser assim. Se não for hoje, vai ser amanhã.

A câmera enquadra uma pipa verde e amarela que dá piruetas sobre a multidão. Sou transportada a outro objeto voador, muito mais letal. Um coquetel molotov, cruzando, embebido em destruição e morte, a rua Maria Antônia.

HÉCTOR DECIDIU VOTAR contra.

Na reunião do Centro Acadêmico na qual se decidiria a instalação de um pedágio em frente à FFCL, foram poucos os que se opuseram. Além de arrecadar fundos para o XXX Congresso da UNE, marcado para dali a poucos dias, no início de outubro de 1968, a intenção do ato na rua Maria Antônia era carimbar no prédio da faculdade a marca de "território de resistência" em oposição à ditadura. E, de quebra, ocupar a rua com um misto de arrogância e provocação dirigida aos vizinhos incômodos do outro lado da rua.

O voto contrário tinha suas razões. Com uns poucos colegas, Héctor achava que o momento era perigoso para provocações contra quem quer que fosse. Viaturas de polícia, oficiais ou não, circulavam pelas ruas em postura clara de intimidação; companheiros eram parados e revistados sem qualquer motivo; quem olhasse torto para um agente de segurança na rua era passível de ser levado para a delegacia, de onde a saída era incerta.

Desde os últimos meses do ano anterior, vivia-se sob o signo do conflito, do confronto e da violência. As ações de Che Guevara fora de Cuba inspiravam a opção guerrilheira contra ditaduras em vários países do mundo; em dezembro, na clandestinidade, o PCB rachava a esquerda brasileira ao rejeitar a opção pela luta armada, expulsando militantes e dirigentes históricos; muitos criariam organizações guerrilheiras, como a Ação Libertadora Nacional (ALN), comandada por Carlos Marighella e Joaquim Câmara Ferreira; em janeiro de 1968, no Vietnã, a Ofensiva do Tet causara pesadas baixas nas tropas americanas e mostrara que mesmo a maior potência militar do planeta podia ser desafiada por um povo sedento de liberdade; em março, a violenta repressão policial a uma passeata de estudantes cercara o restaurante Calabouço, no Rio de Janeiro, e matara com um tiro no peito o estudante secundarista Edson Luís, gerando indignação em todo o país; nas missas em sua homenagem, participantes ameaçados de agressão foram protegidos por cordões de isolamento formados por freis dominicanos em suas batas brancas; em maio, greves estudantis em Paris sob os signos da "imaginação no poder" e "é proibido proibir" sacodiam a sociedade francesa, num movimento que ocupara fábricas, incendiara a Bolsa de Valores e se alastrara, gerando ondas de protesto em escala mundial; em 26 de junho, a Passeata dos Cem Mil no Rio de Janeiro levara às ruas a maior e mais contundente manifestação popular desde o golpe militar; em julho, o Comando de Caça aos Comunistas (CCC) destruíra as instalações do Teatro Galpão, que encenava a peça Roda Viva, de Chico Buarque de Hollanda, e passara a protagonizar agressões a elencos de espetáculos teatrais em São Paulo, Rio de Janeiro e Porto Alegre; nos Estados Unidos, protestos contra a Guerra do Vietnã cresciam e mobilizavam amplas parcelas da população; em agosto, tanques soviéticos invadiram a Tchecoslováquia e esmagaram as ambições libertárias da Primavera de Praga.

Em São Paulo, a rua Maria Antônia cruzava o bairro de Vila Buarque, mas seu trajeto não se estendia apenas por blocos e quarteirões: desenhava também a divisão ideológica que colocava em campos opostos a população estudantil da cidade e, por extensão, do país. Em lados contrários da rua ficavam a Universidade Mackenzie, de tradição conservadora, parcialmente alinhada com a extrema direita; e a Universidade de São Paulo, onde estudavam Héctor e Fernanda e na qual lecionavam figuras emblemáticas do pensamento progressista do país. Pairava ainda contra o Mackenzie a acusação de que no campus circulavam membros do CCC, incluindo policiais e alunos da escola cooptados ao radicalismo anticomunista. Em agosto, a fachada do prédio da FFCL tinha sido pichada com os dizeres: "Fora, comunistas! O CCC voltou!".

Os mackenzistas levavam a vantagem de estarem instalados em terreno elevado. Seu campus tinha edifícios de vários andares, de onde o prédio da FFCL se tornava alvo fácil. Por volta das dez horas da manhã de 2 de outubro, uma chuva de paus e pedras foi lançada contra o grupo que abordava os carros cobrando pedágio. Os uspianos reagiram, arremessando objetos de volta e ameaçando invadir o território inimigo; foram rechaçados com petardos envoltos em panos embebidos em ácido, causando queimaduras em alguns alunos. No final do dia, quando a polícia finalmente interveio, o prédio da FFCL tinha vários vidros quebrados e paredes chamuscadas. Às dez horas da noite, uma bomba lançada por um carro em alta velocidade explodiu em frente à fachada do prédio da USP. Ambos os lados se prepararam para a provável continuação dos embates no dia seguinte.

Voto vencido na reunião que decidira o pedágio, Héctor previra a confusão e ficara longe da faculdade. Por volta de onze horas da noite, a campainha tocou no sobrado da Frederico Abranches. Era um colega de classe de Héctor, com os braços queimados e enfaixados. Enquanto recebia cuidados, o rapaz relatou detalhes da batalha. Fernanda implorou a Héctor que não se aproximasse da faculdade também no dia seguinte. O clima de confronto continuava no ar, e nenhum dos lados havia dado qualquer sinal de que as hostilidades baixariam a temperatura. Héctor concordou, ciente de que o clima na FFCL era de revolta contra o que julgavam um "ataque covarde" dos mackenzistas. Ambos tinham razão. Naquele mesmo momento, em reuniões com alunos, dirigentes da UNE e da UEE conclamavam os uspianos a se prepararem para a continuação da guerra.

Ao nascer do dia, o cenário do quarteirão onde ocorrera a batalha tinha sido alterado. Durante a madrugada, soldados da Força Pública haviam formado um cordão de isolamento protegendo o campus do Mackenzie de invasão. A manhã do dia 3 correu inicialmente sem incidentes, até que, às onze horas, alunos da USP penduraram na fachada da faculdade faixas com frases contra o CCC e a cumplicidade criminosa do Mackenzie. O ataque mackenzista foi imediato, só que desta vez, do alto dos edifícios, os petardos arremessados eram coquetéis molotov. Foguetes e rojões eram disparados. Tiros foram ouvidos. Estudantes do Colégio Maria Cintra, na rua da Consolação, juntaram-se aos alunos da USP. Um deles, o jovem José Guimarães, de 20 anos, foi atingido por uma bala calibre 45 e tombou morto (anos mais tarde, o crime seria imputado a um informante da polícia e membro do CCC). Os soldados postados na esquina das ruas Maria Antônia e Itambé assistiam, impassíveis, à situação fora de qualquer controle. Carros do Dops e do governo estadual foram tombados e incendiados. Muros foram pichados; bancos, depredados. Barricadas foram levantadas. Pregos foram espalhados para furar os pneus de carros da polícia, além de bolas de gude para derrubar a cavalaria. Uma multidão, liderada por estudantes que carregavam a camisa tingida de sangue do estudante morto, marchou em direção ao centro da cidade, provocando quebra-quebra geral. Quatro pessoas foram baleadas, dezenas feridas. O clima de terror só deu trégua após as dez da noite, na Praça da Bandeira, com a intervenção de um pelotão de choque. Mais de trinta colegas de Fernanda e Héctor foram presos naquele dia.

Nos dias seguintes, houve na FFCL quem defendesse o adiamento do congresso clandestino da UNE, marcado para a semana seguinte. Mas a grande maioria decidiu manter a reunião, ignorando as óbvias dificuldades em manter secreta uma aglomeração de centenas de estudantes, com os problemas de logística e alimentação envolvidos. Héctor, desta vez, foi inflexível com Fernanda e insistiu em ir.

– Não seja ingênuo, Héctor! – disse ela, exasperada. – Você acha que mil – MIL! – marmanjos cabeludos e garotas deslumbradas vão se reunir num sítio, colado numa cidadezinha pacata, e não vão chamar a atenção?

– Se forem só debates e discussões políticas, como está planejado, não vai incomodar ninguém.

– Uma penca de barbudos com camisetas vermelhas do Che Guevara! Os moradores da região vão achar que vocês são o quê? Uma seita alternativa buscando luz espiritual?

– Fernanda, eu simplesmente tenho que ir. Eu tenho estado muito ausente, você sabe perfeitamente disso. O pessoal está cobrando. Não quero me desconectar totalmente do movimento.

Ela balança a cabeça, impotente. Ele continua:

– Se tiver um "loqueteio" (confusão, corre-corre), eu me mando "chispado" dali.

"Típico dele", pensa ela: "Recorrer ao portunhol para aliviar o clima".

Ernesto reclama de fome. Fernanda encara Héctor antes de se dirigir à cozinha:

– Eu só quero que você volte pra casa inteiro.

O local escolhido, o sítio Muduru, município de Ibiúna, a setenta quilômetros de São Paulo, tinha sido sugerido pela assistente social Therezinha Zerbini ao frei Tito de Alencar, que convivia com Héctor na USP. Desde a segunda-feira, 7 de outubro, a população local cruzava com grupos de jovens que chegavam andando ou em veículos precários pelos caminhos enlameados; estranhavam que eles comprassem grandes quantidades de mantimentos, mas se recusassem a dizer onde pretendiam pousar; na sexta-feira, um lavrador que pretendia cobrar uma dívida teve seu acesso ao sítio barrado pelos estudantes e avisou a polícia. A operação foi desfechada no sábado de manhã, antes mesmo que os trabalhos do congresso "clandestino" começassem. Ibiúna revelou-se a ratoeira perfeita para que 712 estudantes fossem fichados e presos, lista que seria muito útil à repressão nos anos seguintes. Os líderes da UNE e aqueles contra os quais havia pedidos formais de prisão foram levados ao Dops; os demais, ao Presídio Tiradentes, onde a maioria, sem antecedentes e considerada de baixa periculosidade, ficou por poucos dias e foi liberada graças aos últimos habeas corpus concedidos antes do AI-5. Incluído nesse grupo, o estudante uruguaio Héctor Méndez retornou aos braços de Fernanda e Ernesto sem ter sofrido violência física. Seu nome, no entanto, fora incluído pela primeira vez nos arquivos da repressão. A preparação e o fracasso do Congresso de Ibiúna ficariam gravados a ferro e fogo nos destinos de frei Tito e Héctor.

O ano de 1968 chegava ao fim marcado por cicatrizes de esgotamento. Decorridos mais de quatro anos do golpe, o desgaste do regime militar se acentuava. A parcela da classe média que originalmente se sentira ameaçada com o que pregava a propaganda anticomunista e aprovara a deposição de Jango via agora frustradas suas esperanças de rápido retorno à democracia; a política econômica recessiva, a inflação alta e a crescente indignação com a violência dos militares deterioravam o apoio ao regime; a massa estudantil, que somava centenas de milhares em escala nacional, engrossava de forma ruidosa o movimento de repúdio ao governo que se alastrava pelo país. A batalha da rua Maria Antônia e a quantidade de estudantes presos em Ibiúna se somavam à lista de evidências que reforçavam os argumentos do núcleo duro do governo em favor do endurecimento do regime.

A ala militar da qual fazia parte o general Artur da Costa e Silva encontrou o pretexto que procurava na forma de um discurso inofensivo criticando as Forças Armadas pronunciado pelo deputado federal Márcio Moreira Alves. Quando a Câmara dos Deputados recusou o pedido do governo para processá-lo, o Conselho *de Segurança Nacional decretou o Ato Institucional número 5, inaugurando um período de trevas ainda mais escuras no país.*

Nos dez anos seguintes, em nome do "interesse nacional", mais de 10 mil cidadãos seriam presos; cerca de 1.500 pessoas seriam cassadas ou afastadas do serviço público; 950 filmes e peças de teatro seriam proibidos, milhares de pessoas seriam torturadas, e cerca de 400, assassinadas.

**20h21
Fernanda e Tomás**

TOMÁS ATENDE AO pedido de Fernanda e entra na suíte do casal desfazendo o nó da gravata.
 Vê que ela repõe um volume na prateleira. Fingindo desinteresse, se aproxima e constata que é um livro de Benedetti. Começa a desabotoar a camisa, enquanto Fernanda se senta em silêncio em frente à penteadeira. Observa-a no reflexo do espelho. Conhece-a suficientemente bem para saber que ela estuda a melhor forma de lhe dizer algo. A espera é curta.
 – Você se dá conta, Tomás – diz ela, começando a se maquiar –, que as tuas conversas com o Ernesto são de um cinismo insuportável?
 – Cinismo?
 – Essa tua postura pretensiosa de tratar como idiotice qualquer movimento de mudança. Tomás suspira, buscando munir-se de paciência. Retira os sapatos e começa a se preparar para entrar no banho antes de responder.
 – Você está enganada. Ainda agora eu estava dizendo a ele que movimentos como esse das Diretas só vão crescer. Só não acho que o Congresso vai aprovar isso agora.
 – Ele tem 23 anos, Tomás. Não é cedo pra encher a cabeça dele com o teu conformismo atroz? Você não pode deixar que ele tenha um pouco de esperança de que o país onde ele vive possa ser um lugar melhor?

– E como seria esse lugar melhor?
Fernanda se volta para ele:
– Um país onde o povo tenha voz! Onde *ele* mesmo tenha voz. Onde o destino do Estado não fique na mão de meia dúzia de generais.
– Você não ouviu o que eu disse na sala? Não precisa me convencer de que o país precisa se livrar do regime militar, Fernanda. Eu respiro o ar de Brasília, não tenho dúvidas de que os dias dos generais no poder estão contados. Se tiverem cabeça, saem de cena sem virarem criminosos.
– Coisa que eles são.
– O quê?
– Criminosos. Torturadores. Assassinos.
Tomás pendura o paletó no mancebo e acomoda seus sapatos no armário.
– Uma coisa eu te garanto. Não vai ser na base da vingança que o país vai voltar a ter um governo civil estável. Os dois lados vão ter que engolir suas perdas e lamber suas feridas.
Fernanda começa a perder a paciência:
– Sempre que eu quero discutir tua relação com o Ernesto, você acaba enfiando no assunto o futuro do país. É irritante, Tomás.
– Você é que faz confusão entre "futuro do Brasil" e "futuro do Ernesto". São coisas bem diferentes.
– Você acha que essa tua visão engessada do mundo faz bem pra ele? Não acha que ele devia, na idade dele, pelo menos questionar as coisas?
– Teu filho é bastante precoce, Fernanda. Acho que ele tem discernimento pra fazer a própria cabeça.
– Se tem, não usa. Não vejo ele questionar nada. Vejo meu filho cada vez mais... descrente. Cada vez mais mergulhado nos negócios, no dinheiro. As questões maiores parecem não ter importância pra ele.
– É tua leitura de mãe, eu respeito.

– Ou seja, tua "leitura" é diferente, é isso?
Tomás deixa a pergunta no ar. Abre a porta do banheiro, mas antes de entrar se volta para ela.
– O problema, meu amor, é que você e eu discordamos sobre uma questão básica: pra você, eleições diretas vão, num passe de mágica, resolver todos os problemas do Brasil.
– Claro que não.
– É o que parece.
– Não me tenha por idiota, Tomás. Não sou ingênua a esse ponto. Mas obviamente minha fé na democracia é maior que a sua.
Tomás assume um tom professoral:
– Eu tenho mais quilometragem que você, Fernanda. Eleições livres não são garantia de nada. A lista de países que elegeram "livremente" corruptos, ladrões e genocidas é bastante longa.
Fernanda parece cansar da discussão:
– É realmente difícil conversar sobre o Ernesto com você. Você insiste em misturar tudo.
Tomás se dirige ao banheiro.
– E você está fazendo o possível pra estragar esta noite, mas eu não vou deixar. Deixa eu tomar meu banho. Está ficando tarde, e o trânsito no centro deve estar horrível.
Tomás faz menção de fechar a porta, mas Fernanda continua:
– E eu também não entendo por que você tem sempre que enfiar o Chile na conversa quando o assunto é política.
– Você está exagerando. Não é sempre que eu...
– Sempre – repete ela com voz firme. – É como se o que aconteceu no Chile fosse pra você uma espécie de... obsessão.
– Não se trata de obsessão, meu amor. É que – diz ele, em tom irônico –, não sei se você sabe, eu estava lá quando o país pegou fogo.
– Quando o presidente eleito acabou morto sob um bombardeio, você quer dizer.
– O país estava em chamas muito antes disso. Eu vi de perto a economia de um país sendo destruída dia após dia.

– Destruída por culpa de quem?
– E lá vamos nós, estava demorando – diz ele, suspirando. – Hora de culpar as empresas estrangeiras por tudo de ruim que acontece na América Latina.
– Desculpe – diz Fernanda, devolvendo a ironia –, eu me enganei. São exemplos de caridade desinteressada. Nunca interferem em nada.
– Eu preciso entrar no banho, meu amor. Nós vamos nos atrasar.

Ele se tranca no banheiro. Fernanda ouve o som do chuveiro sendo acionado. Vai até sua mesa de cabeceira, onde estão empilhados alguns livros. Escolhe *Últimos poemas*, de Neruda, e abre numa página marcada:

Si cada día cae	Se cada dia cai
dentro de cada noche	dentro de cada noite,
hay un pozo donde la claridad	há um poço onde a claridade
está encerrada.	está presa.
Hay que sentarse	Há que sentar-se
a la orilla del pozo de la sombra	na beira do poço da sombra
y pescar luz caída	e pescar luz caída
con paciencia.	com paciência.

Ela fecha o livro e tenta se convencer de que, naquela noite, era possível enxergar a claridade aprisionada no fundo do poço. Pergunta-se se o país teria a paciência necessária para resgatá-la.

FERNANDA E HÉCTOR *conheciam frei Oswaldo das missas dominicais na Igreja de São Domingos desde 1964. Poucas semanas após o golpe militar, fora dele a prédica eloquente contra a violência do Estado, exemplificada pela agressão à luz do dia de um inimigo do governo. O frade evitara mencionar o nome da vítima baleada e presa no Rio de Janeiro, mas nos dias seguintes, com a cobertura da imprensa, a revelação de que se tratava de Carlos Marighella aguçou a curiosidade do movimento estudantil em torno do político baiano. Mais tarde, em 1967, foi o próprio Oswaldo quem apresentou aquele homem moreno, alto e forte, que atendia por vários codinomes ("Professor", "Menezes", "sr. Preto"), aos dominicanos de Perdizes e aos frequentadores da rua Caiubi, Héctor incluído.*

Desde o primeiro contato, ficou claro para Marighella que os religiosos engajados jamais pegariam em armas. Mas deu-se conta de que podiam fornecer importante apoio logístico às ações da organização guerrilheira que estava prestes a criar. Sua atitude de não se entregar e reagir – mesmo ferido a bala – naquele cinema no Rio de Janeiro tinha um significado maior: explicitava sua convicção de que reagir era necessário; de que não seria com conchavos políticos que o país superaria a aberração do regime militar: somente a luta armada libertaria o Brasil. Essa convicção o colocara em rota de colisão com o Partido Comunista Brasileiro

(PCB), que descartava a via das armas em favor de alianças com outros partidos que dessem sustentação a um governo democrático. A sequência de acontecimentos que levara Marighella a fundar a ALN começou com sua decisão de afrontar a decisão do PCB de proibir seus membros de participarem do primeiro congresso da Organização Latino-Americana de Solidariedade (Olas), nome sugerido por Allende, cuja sigla tinha também o sentido de "ondas". A reunião em Havana, em agosto de 1967, defendia a adoção da luta armada em escala internacional. Na esteira do sucesso da Revolução Russa e das vitórias das revoluções cubana em 1959 e argelina em 1962, o caminho das armas era aclamado como estratégia vencedora pelos quase setecentos participantes do encontro. A aura do enfrentamento armado era reforçada pelo simbolismo da presidência honorária da reunião, conferida por Fidel ao ausente Che Guevara. O paradeiro de Che era desconhecido para a maioria dos presentes e só seria revelado dois meses depois, com a confirmação de sua captura e morte pelo Exército boliviano.

Apesar da proibição do PCB, Marighella não só participou do encontro como fez pronunciamentos contundentes na rádio cubana conclamando às armas. Foi expulso do partido antes mesmo de retornar ao Brasil. Poucos meses depois, em abril de 1968, a chamada "Ala Marighella" de revolucionários sob seu comando criou o Grupamento Comunista de São Paulo, rebatizado mais tarde de Ação Libertadora Nacional. O programa da nova organização tinha como objetivos "derrubar a ditadura militar e formar um governo revolucionário do povo" em que "os norte-americanos seriam expulsos, os latifundiários, expropriados, e as condições de vida de operários, camponeses e das classes médias, melhoradas". O Brasil se tornaria "uma nação independente na sua política externa, abandonando a posição subalterna de satélite dos Estados Unidos".

Os militantes e apoiadores da ALN formavam um grupo heterogêneo, com variados graus de preparação e envolvimento. Era composto em sua maioria de estudantes, profissionais liberais, intelectuais, ativistas sindicais, funcionários públicos, professores universitários, religiosos progressistas e especialistas em guerrilha treinados em Cuba. Quadros experientes agiam lado a lado com membros que aderiam ao movimento quase por acaso, incluindo jovens ávidos por impressionar colegas de faculdade e ativistas em busca da adrenalina liberada em ações ousadas como assaltos ("expropriações") a bancos, residências, carros de valores, trens pagadores e fábricas de explosivos.

Os dominicanos tinham valor especial para Marighella por estarem presentes em diversas regiões do Brasil. Além de algumas capitais, tinham conventos na região-chave de Conceição do Araguaia e em Marabá, no Sul do Pará, além de contatos com outras ordens religiosas espalhadas pelo país. À medida que Héctor ganhava maior acesso ao que se passava no convento de Perdizes, foi se dando conta da extensão da atuação dos frades. Desde o golpe militar, os religiosos ofereciam abrigo a estudantes perseguidos pela polícia. Militantes ameaçados de prisão e líderes de entidades visadas eram levados ao Rio Grande do Sul, onde padres jesuítas do seminário Cristo Rei, em São Leopoldo, ajudavam-nos a providenciar fugas para a Argentina e o Uruguai.

Héctor se viu diante da decisão de dar o passo definitivo e se tornar peça ativa das atividades subversivas que envolviam os religiosos. Havia deixado claro, desde o início, que jamais participaria de ações armadas. Tinha a convicção de que regimes nascidos da violência carregavam em si o DNA da selvageria e pariam sociedades igualmente violentas. Acreditava que o caminho da justiça social passava por investimento em educação e mobilização da sociedade para a participação comunitária via voto consciente. Membros da ALN e um grupo de dominicanos, à busca de novos quadros para o enfrentamento, tentaram convencê-lo a se engajar. Argumentaram que havia inúmeras maneiras de colaborar com a resistência democrática sem pegar em armas: transporte clandestino de pessoas, vigilância de "aparelhos", movimentação e armazenamento de suprimentos, armas e munições; guarda velada de "pontos" e de outros endereços críticos; levantamento de possíveis alvos, suas rotinas e fragilidades. A lista era longa.

Mas todas essas tarefas Héctor recusou, alegando não ter a personalidade talhada para atividades clandestinas. Não confiava em seu controle de nervos perante situações tensas ou eventuais confrontos; temia também que seu sotaque, embora leve, pudesse facilitar sua identificação pela polícia, colocando em risco sua família. Os frades aceitaram com naturalidade sua posição, sem exercer maiores pressões. O tempo ensinara que muitos superavam as hesitações iniciais e acabavam assumindo papéis mais úteis à militância que o previsto inicialmente. A presença de Héctor e seu convívio ocasional com os freis uspianos na rua Caiubi seguiram inalterados.

Para a ALN, o ano de 1969 não começava bem. Desde o ano anterior, a organização ganhara seu mais implacável e obcecado algoz na figura de Sérgio Fernando Paranhos Fleury, cujo nome está inscrito entre os mais sanguinários torturadores e assassinos que já serviram o aparelho estatal do país. Em seu início de carreira como delegado subalterno, especializara-se em executar a sangue-frio larápios, meliantes, proxenetas e bandidos de toda laia. Empilhava "presuntos" como se pretendesse vingar a morte do pai, a quem perdera precocemente (médico legista, infectara-se ao efetuar uma autópsia). Fleury recriou em São Paulo a barbárie instituída no Rio de Janeiro pela infame Scuderie Le Cocq e pelo Esquadrão da Morte. Não era movido pela justiça, e sim por sadismo – com o incentivo de interesses financeiros que o levavam a devastar quadrilhas de traficantes a soldo dos rivais. Seus métodos incluíam desde os "científicos" – pau de arara, choques, afogamento – até os brutais, como arrancar unhas com alicate, furar tímpanos, cegar, castrar, numa sequência progressiva de violência que terminava frequentemente na morte do supliciado. Seu fiel parceiro, Fininho, ostentava orgulhoso em seu chaveiro um pedaço *de língua arrancado de um alcaguete que ousara denunciá-los em juízo. A partir de 1968, quando trocou o Departamento Estadual de Investigações Criminais (Deic) pelo Departamento de Ordem Política e Social (Dops), Fleury e seus homens despejaram toda a brutalidade de seu arsenal macabro na missão de desarticular organizações guerrilheiras.*

Entre janeiro e março de 1969, a repressão já extrapolava o combate a outro movimento, a Vanguarda Popular Revolucionária (VPR), e começava a impor perdas também à ALN; em abril, dezoito membros foram presos após assalto a um veículo que transportava valores; em setembro, o evento decisivo: numa decisão da qual Marighella não participou diretamente, a Dissidência Comunista da Guanabara (que atuava sob a sigla do MR-8, movimento previamente dizimado pela repressão) propôs ao número 2 da ALN, Joaquim Câmara Ferreira ("Toledo"), a realização conjunta da mais ousada e espetaculosa ação da guerrilha até então – o sequestro do embaixador norte-americano no Rio de Janeiro, em plena Semana da Pátria. Charles Elbrick foi libertado em troca da soltura de quinze presos políticos, que desembarcaram em segurança na Cidade do México na manhã de 7 de setembro. Foi a maior humilhação imposta ao regime militar pela guerrilha até então. Como resultado, desencadeou-se uma onda de fúria ainda maior contra as organizações guerrilheiras. Diversas células menores foram exterminadas até que a ALN virasse alvo preferencial e Marighella fosse apontado como inimigo número um do Estado brasileiro.

Tivesse sido consultado, o "Professor" teria adiado a ação do sequestro. Sabia que faltava à organização sob seu comando e aos demais movimentos clandestinos a estrutura necessária para suportar a escalada da repressão que se seguiria. Estava certo. Nas semanas após o sequestro, o cerco se fechou. Em menos de um mês, a estrutura da ALN estava seriamente comprometida.

Em outubro, cerca de trinta guerrilheiros foram presos a partir de informações obtidas sob tortura e escutas telefônicas, que incluíam o monitoramento do convento dominicano. Essas prisões desfalcavam em especial o braço do Grupo Tático Armado (GTA) da organização. "Jonas", o responsável pelas operações, que chefiara a ação armada do sequestro de Elbrick, estava morto. Sessões brutais de tortura acabavam por revelar nomes e locais-chave, informações que minavam e restringiam as ações clandestinas. "Estouraram algum aparelho (esconderijo)?"; "Alguém furou algum ponto (encontro)?"; "Alguém caiu (foi preso)?"; "Se caiu, abriu (confessou) o quê?" Essas eram perguntas cotidianas entre os militantes, cujas respostas podiam significar longos períodos de detenção, suplício e morte.

 Na virada para o mês de novembro, Fleury tinha encarcerados três militantes que confirmaram sob tortura a ligação entre os dominicanos e a ALN. Com um deles, apreendera um talão de cheques em cuja margem estava anotado um dos números de telefone "secretos" da rua Caiubi.

 As escutas revelaram que os freis Fernando e Ivo tomariam um ônibus noturno para o Rio de Janeiro no dia 1º de novembro, sexta-feira que precedia o feriado de Finados. Lá tratariam da chegada de militantes de Cuba que tinham o Sul do Pará como destinação final. Foram seguidos por agentes do Dops ao longo de todo o percurso pela Via Dutra e presos no Catete na manhã seguinte. Levados à temida central de torturas do Cenimar, no edifício do Ministério da Marinha, ambos tiveram fios inseridos na uretra e foram seviciados no pau de arara com os corpos molhados para aumentar a intensidade dos choques elétricos. Antes que perdessem a consciência, Fleury conseguira arrancar-lhes a informação de que os contatos com Marighella eram feitos por telefonemas à Livraria Duas Cidades, no centro de São Paulo, onde frei Fernando trabalhava. A emboscada em torno de Marighella começava a se desenhar.

 Levados de volta a São Paulo, os dois frades estavam jogados numa cela do Dops quando os homens de Fleury invadiram o convento de Perdizes, às três horas da madrugada da terça-feira, 4 de novembro. A intenção era impedir que os dominicanos ou qualquer outra pessoa do casarão fizessem qualquer contato com Marighella, alertando-o da armadilha. Por volta de 16h30, apesar de dúvidas que pairavam no comando da ALN sobre o paradeiro desconhecido de Fernando e Ivo, Marighella deu a ordem para que a ligação fosse feita. O telefone da livraria tocou: "Aqui é o Ernesto. Esteja hoje na gráfica".

Às oito da noite, conforme combinado, o "Professor" caminhava pela alameda Casa Branca, nos Jardins, carregando numa pequena pasta preta um revólver Taurus calibre 32, cinco balas e duas cápsulas de cianeto de potássio. O olheiro que o precedera não notara, no quarteirão entre a alameda Lorena e a rua Tatuí, a presença de 29 policiais, distribuídos em sete carros. Na altura do número 806, enfiados num fusca azul, Fernando e Ivo, machucados, confusos e atordoados, mal viram quando Marighella se aproximou. A pasta que ele carregava não chegou a ser aberta. Quando a fuzilaria cessou, os freis foram arrancados do carro, e o "sr. Preto" nele enfiado para que fossem feitas as fotos que estampariam os jornais do dia seguinte.

Menos de uma hora depois, os alto-falantes do Estádio do Pacaembu, onde se realizava o jogo Corinthians × Santos, anunciavam: "Foi morto pela polícia o líder terrorista Carlos Marighella".

20h34
Fernanda e Ernesto

FERNANDA RETORNA À sala. Mesmo seu vestido "mais insosso" não é capaz de ofuscar seu porte elegante. Tem um discreto brinco de lápis-lazúli colocado na orelha direita, mas está tendo dificuldade em colocar o da esquerda. O gancho de metal terá entortado? Vê na sala Ernesto ainda sentado em frente à TV. Pensa em lhe pedir ajuda com o brinco, mas muda de ideia e entra em seu escritório. Deixa o solitário brinco azul sobre a mesa e começa a procurar um livro na estante, acariciando as lombadas dos volumes que são seus fiéis companheiros há anos.

Ernesto ouve a movimentação no escritório e vem se juntar a ela.

– Isso acontece com você também? – Fernanda pergunta sem encará-lo. Seleciona finalmente um grosso volume branco na prateleira de dicionários, compêndios de sinônimos e antônimos, livros de compilações etimológicas e de conjugação verbal.

– O quê?

– Na agência, quando você está redigindo um anúncio, não te acontece de topar às vezes com uma palavra que teima em brincar de esconde-esconde contigo?

– Só o tempo todo.

– Pois eu estou às voltas com uma: "Persignar-se".

Ernesto pensa um segundo:

– Se benzer? É isso?

– Sim. Fazer o sinal da cruz, para agradecer ou pedir proteção.
– Ela lê no livro branco a definição: – "Compor o sinal da cruz com o dedo polegar: o primeiro na testa, o segundo na boca, o terceiro no peito". Em espanhol tem um sinônimo: *"Santiguarse"*.
– E o que te incomoda nisso?
– É que o prefácio do livro de poesias do Benedetti que estou traduzindo fala de um personagem criado por ele que se *"persigna sin cruz"*. Será que existe uma palavra pra esse gesto? Benzer-se sem fazer o sinal da cruz?

Ernesto dá de ombros, não enxerga a importância. Fernanda explica.

– É de um conto do Benedetti dos anos 50. O protagonista é um jogador de futebol que aceita dinheiro pra perder o jogo, mas no final dá tudo errado, e ele acaba fazendo o gol da vitória de seu time.
– Parece um bom enredo.

Fernanda lê:
– *"La coloca tan al ángulo, que el golerito no la pudo ni pellizcar."*
– Sorri e repete em português: – "O goleirinho não conseguiu nem beliscar." Adoro quando ele usa esse jargão futebolístico dos pampas.

Fernanda repõe o livro na estante e continua:
– O jogador marca o gol maldito, vai até o meio do campo e se ajoelha, como sempre fazia. Esse gesto era a marca dele, artilheiro do time.
– Mas não faz o sinal da cruz...
– Exato... Não faz porque, acho eu, sabia que estava metido numa falcatrua. Fazer um gesto religioso nessa situação seria uma blasfêmia. Acho que é por isso que o Benedetti diz que ele se *"persigna sin cruz"*.
– E por que você não traduz simplesmente como "se benze sem fazer o sinal da cruz"?
– Porque a frase pede algo mais compacto. Mais elegante. Explicar muito quebra o ritmo da frase. Estou atrás de um sinônimo de persignar-se, santiguar-se, benzer-se, mas sem a cruz.

Ernesto olha em direção à foto do autor espetada na cortiça sobre a mesa, o sorriso de avô benevolente. Impressão sua, ou Benedetti parecia se divertir com a situação?

– Ele parece tão inofensivo – aponta a foto –, mas pelo jeito tem o prazer perverso de te ver enfiada nessas expedições, em busca de palavras que podem nem existir.

– É o mundo em que eu vivo.

Ernesto emenda:

– Falando em futebol, o Tomás acabou de me contar que a primeira vez que ele pensou em trabalhar no Chile foi quando esteve lá, assistindo o Brasil ser bicampeão mundial em 62. Você sabia disso?

Fernanda pensa um pouco antes de responder.

– Não... Não me lembro disso – diz sem muita convicção. – Acho que ele teria trabalhado no Chile de qualquer jeito. Era pedágio obrigatório para quem queria fazer carreira na companhia.

– O fato é que essa conversa de copa do mundo me trouxe flashes de memória de quando eu era garoto. Nós na casinha da vila assistindo Brasil × Uruguai.

– Sim. Na Copa do México.

– Eu tinha o quê? Menos de dez anos? Me lembro da gritaria, da comemoração dos gols, a sala cheia de gente...

– Foi assim mesmo. A casa lotada de amigos, de vizinhos, a turma da faculdade. O pessoal atormentando o Héctor, dizendo que ele estava torcendo secretamente pro Uruguai.

– Mas não estava, certo?

– Claro que não. Estavam mexendo com ele. Mas tinha um clima forte de guerra de nervos. Nas reportagens nos jornais e na TV, os uruguaios nos chamavam de frouxos. Diziam que, contra eles, o Brasil ia tremer. Que éramos fregueses. Tinha o fantasma do "Maracanaço" no ar, o medo de que a tragédia da final da Copa de 50 ia se repetir.

CLODOALDO PASSA PARA Tostão, que lhe devolve um passe milimetricamente perfeito, dentro da área: gol de empate do Brasil contra o Uruguai. No segundo tempo, o público que lotava o estádio de Jalisco viu Jairzinho e Rivelino definirem a vitória brasileira por 3 × 1. A Celeste estava fora das finais da Copa de 1970. O fantasma da superioridade uruguaia estava definitivamente enterrado. Quatro dias depois, derrotada a Itália, o Brasil era tricampeão do mundo. No sobrado da Frederico Abranches, a lealdade de Héctor às cores da seleção canarinho jamais voltou a ser posta em dúvida.

A conquista vinha sob medida para o clima de "Pra frente, Brasil" e "Ame-o ou deixe-o" que o governo Garrastazu Médici promovia. Naquele carnaval fora de época, em junho, a autoestima do brasileiro estava em alta e as marchinhas ufanistas produzidas pela máquina de propaganda do Planalto inundavam as ruas.

Quem não tinha motivos para comemorar eram os movimentos engajados na luta armada. No final de junho de 1970, estavam feridas de morte todas as organizações armadas que tiveram, em algum momento, mais de cem militantes. Caíam vítimas de seu próprio caráter autocentrado, ensimesmado, pouco dispostas a redefinir rumos que as aproximassem de camadas mais abrangentes da sociedade em nome de quem diziam lutar. Sua doutrina centrada em ortodoxia e obediência cega a cartilhas revolucionárias não as deixava perceber que os objetivos políticos que perseguiam não tinham ressonância popular. Se, por um lado, a sociedade brasileira rejeitava a repressão violenta nas ruas e os relatos de bárbaros crimes praticados nas masmorras da ditadura (que circulavam à boca pequena, apesar da censura), por outro não demonstrava qualquer interesse em instaurar no país uma ditadura do proletariado ou qualquer outro nome que se quisesse dar à "vanguarda revolucionária" teorizada pelos ideólogos da guerrilha.

As células de luta armada foram progressivamente se isolando, definhando em recursos humanos e materiais, sem jamais buscar ou receber adesões fora da esquerda já convertida. Em organizações como VAR-Palmares, Partido Comunista Brasileiro Revolucionário (PCBR), Comando de Libertação Nacional (Colina), Organização Revolucionária Marxista – Política Operária (Polop), era comum que houvesse mais membros com formação universitária do que operários; na ALN, contavam-se 237 professores, estudantes e profissionais com curso superior para apenas 68 trabalhadores manuais urbanos; a falta de capilaridade dos comandos revolucionários era evidente.

Cristalizava-se a seguinte situação: a guerrilha considerava a oposição civil de figuras como Tancredo Neves e Ulysses Guimarães como empecilhos à revolução, enquanto estes viam na luta armada um entrave à redemocratização do país. Os movimentos armados desprezavam solenemente a máxima marxista segundo a qual sem o apoio das classes médias e o amplo engajamento da massa trabalhadora é até possível se promover um levante, mas jamais consolidar a revolução.

Na sombra da euforia da Copa, Héctor e Fernanda sentiam em seu cotidiano que o terreno continuava movediço. O conforto de seu convívio com os dominicanos sofrera forte abalo com a invasão do convento, seguida da prisão e tortura de vários religiosos com os quais haviam convivido. O medo fez com que o casal e Ernesto, próximo de completar dez anos de idade, se *afastassem por completo das atividades oferecidas às famílias no convento de Perdizes.*

O peso da repressão atingira em cheio os dominicanos. Na esteira da Operação Batina Branca, quando a equipe de Fleury invadiu o convento, mais de vinte pessoas foram presas. Muitos foram torturados no Dops antes de serem levados ao Presídio Tiradentes. Ao chegarem, havia no presídio cerca de cem presos políticos; em junho do ano seguinte, já chegavam a trezentos. Freis Fernando e Ivo, torturados e usados por Fleury na execução de Marighella, tiveram por companheiros de cela os freis Betto (Antonio Libânio Christo), Tito de Alencar, Giorgio Callegari e Roberto Romano; além deles, o ex-dominicano João Caldas e o padre Hélio Soares do Amaral compunham o grupo que os carcereiros chamavam de "O Vaticano" da prisão.

Poucos conseguiram escapar do cerco de Fleury. Os freis Luiz Felipe Ratton Mascarenhas e Magno Vilela, que dividiam um apartamento na rua Rego Freitas, desconfiaram que seu endereço estava sendo monitorado e ligaram para o convento de um telefone público, fingindo querer marcar uma confissão. O interlocutor respondeu que ninguém estava disponível para atendê-los: "Melhor ligar mais tarde; bem mais tarde". O recado foi entendido. Nessa altura, os policiais já ocupavam o convento e controlavam acessos e comunicações. Ratton e Magno caíram imediatamente na clandestinidade. Seu apego rigoroso às normas de segurança poupou-lhes anos de martírio nos porões da ditadura.

Frei Oswaldo Rezende, interlocutor frequente de Héctor e Fernanda, havia deixado o Brasil antes da série de prisões no fim de 1969, rumo à Suíça; na França, anos depois, foi um dos frades que acolheram frei Tito de Alencar, cujo bárbaro suplício nas mãos de Fleury atormentou-o pelo resto da vida e acabou levando-o a cometer suicídio, em 1974.

Além do destino dos dominicanos, Fernanda e Héctor eram também assombrados por notícias vindas do Uruguai. Num mesmo dia,

31 de julho de 1970, terroristas realizaram duas ações ousadas: os sequestros do cônsul brasileiro Aloysio Gomide e de Dan Mitrione, agente da CIA que a guerrilha acusava de atuar como instrutor em técnicas de tortura. O brasileiro ficaria refém por vários meses, mas Mitrione, que tivera passagens por Belo Horizonte e pelo Rio de Janeiro, foi julgado pelo tribunal guerrilheiro e executado uma semana após a ação. Pesou contra ele a acusação de que, nas aulas de tortura ministradas no porão de sua casa, o norte-americano usava moradores de rua, miseráveis que eram executados após terem servido aos propósitos das macabras demonstrações.

Nesse semestre tenso, em que o crescimento das esquerdas uruguaia e chilena parecia pintar em tons de vermelho o futuro dos países ao sul do continente, os tupamaros voltaram a figurar com força nas manchetes brasileiras.

20h47
Fernanda e Ernesto

ERNESTO E FERNANDA ainda estão falando de futebol no escritório quando soa a campainha do interfone do apartamento. Ele vai atender, copo na mão.

– Sim?
– Seu Tomás?
A voz aguda e metálica no aparelho faz com que Ernesto afaste o fone do rosto.
– É o Ernesto, Antenor. O que foi?
– Seu Ernesto, tem aqui uma moça com uma encomenda pro senhor e pra dona Fernanda.
– Pede pra ela deixar aí na portaria. Depois eu pego.
– Eu falei pra ela, mas ela disse que veio... – Ernesto ouve o porteiro perguntar algo à visitante. – Diz que veio da França só pra entregar isso aqui.
– Da França? Ela veio da França trazer uma encomenda?
– Disse que sim, seu Ernesto.
– Ela tá sozinha?
– Tá sim, senhor.
Ernesto hesita um pouco, consulta o relógio, suspira.
– Tá bom, deixa subir.
– Sim, senhor, seu Ernesto.

Ernesto volta para a frente da TV. Fernanda termina de arrumar seus papéis e apanha o brinco sobre a mesa para nova tentativa de colocá-lo, a caminho da sala.

NADA FAZIA CRER que o restante de 1971 reservasse grandes sobressaltos para Fernanda e Héctor. Ambos tinham conseguido, cumprindo os requisitos curriculares mínimos a cada ano, concluir, ainda que de forma arrastada, no dobro do tempo previsto, os créditos de seus cursos. Agora diplomados em literatura e linguística, o casal já tinha esboçados projetos de mestrado em suas respectivas áreas.

Além dos projetos acadêmicos, a sorte sorrira de forma inesperada para Héctor, quando um professor de seu departamento foi premiado com uma bolsa de doutorado na Universidade de Heidelberg; Héctor foi contratado como professor assistente e assumiu diversas matérias a cargo de seu antecessor. Fernanda, por sua vez, já trabalhava desde o fim do ano anterior, em regime de meio período, numa editora especializada em literatura latino-americana. Seus horários lhe permitiam administrar as necessidades de Ernesto, prestes a completar doze anos de idade, que se revelava um pré-adolescente munido da vivacidade e liberdade de espírito com que seus pais haviam sonhado.

E, no entanto, uma sombra escura se acercava, insuspeita, do sobrado da Frederico Abranches. Se lhes fossem concedidos os poderes de premonição e manipulação do tempo, o casal teria feito desaparecer do calendário a página de 20 de agosto, uma sexta-feira. Infelizmente, de tais poderes Fernanda e Héctor não dispunham. Os contornos do pesadelo entraram porta adentro sem qualquer cerimônia.

A família acabara de sentar-se para jantar quando soou a campainha. Héctor estranhou, foi até a porta, checou o olho mágico e reconheceu um seminarista que conhecia do convento da rua Caiubi. Tinham contato apenas ocasional. Demorou uns segundos para lembrar-se de seu nome.

– Augusto...

– Héctor – responde o visitante, certificando-se de não haver ninguém à vista na vila. O orvalho pousado sobre os carros estacionados latejava. – Posso entrar?

Ao entrar com um movimento rápido, o nervosismo do visitante atingiu Héctor com a força de uma lufada de medo. Augusto tinha a respiração acelerada.

– Está tudo bem? – perguntou Héctor.

O seminarista olhou em direção à cozinha, de onde vinham as vozes de Fernanda e Ernesto.

– Sua família?

– Sim.

– Mais alguém?

Héctor negou, balançando a cabeça. Um calafrio premonitório percorreu sua espinha.

– O que aconteceu?

– Frei Ricardo. Foi preso.

– Quando?

– Faz dois dias. Só soubemos hoje.

Frei Ricardo Martins tinha sido o primeiro dominicano da faculdade com quem Héctor tivera contato, nas caminhadas de casa até a FFCL. Fora ele quem o apresentara a outros freis que cursavam a USP, como Fernando, Ivo, Romano, Ratton e Tito, mas, ao contrário deles, Ricardo não fazia parte do grupo ligado à ALN. Por não morar no convento (alugava um apartamento no centro

com amigos, colegas da PUC), não tinha sido preso na Operação Batina Branca armada por Fleury.
– Eu achava que as prisões de frades tinham acabado – disse Héctor.
– Tinham. Mas parece que o Ricardo foi preso na casa de alguém recém-chegado do Chile. A polícia apreendeu cartas e documentos clandestinos trazidos de lá. Não era o Ricardo que eles procuravam, mas ele estava no lugar errado, na hora errada. Levaram todos os que estavam na casa. Não sei bem dos detalhes.

Héctor sabia do papel dos dominicanos nas rotas de escape de líderes estudantis, guerrilheiros e políticos brasileiros que buscavam asilo em outros países latino-americanos. Desde o golpe de 1964, o Chile, ainda sob a presidência benevolente do democrata cristão Eduardo Frei, era o destino de muitos deles, incluindo políticos e dirigentes famosos como José Serra, Almino Affonso, Paulo de Tarso Santos e Plínio de Arruda Sampaio. A partir de 1970, no governo Allende, essa política de acolhimento se intensificou. Alguns meses antes, em janeiro, tinham desembarcado em Santiago setenta presos políticos trocados pelo embaixador suíço Giovanni Bucher, sequestrado no Rio de Janeiro em dezembro do ano anterior.

– O Ricardo está bem? – perguntou Héctor.
– Foi torturado.

Héctor levou as mãos à cabeça. Procurou bloquear imagens de Ricardo amarrado no pau de arara, levando choques elétricos, tendo as unhas arrancadas. Nunca fora próximo dele, mas se lembrava de terem conversado sobre seus tempos de noviciado, votos de pobreza, celibato...

– Como vocês sabem o que aconteceu com ele?
– Ele foi levado para o mesmo batalhão da PM onde estava preso um conhecido nosso, estudante da PUC. Esse amigo foi solto hoje e nos avisou.

Héctor percebeu que as mãos suadas de Augusto tremiam. Tentou se lembrar do que teria contado a Ricardo sobre sua vida

pessoal. Com certeza devia ter falado sobre Fernanda, Ernesto e... o que mais?
– Quer um copo d'água? – perguntou Héctor.
Augusto recusou com um gesto rápido no exato momento em que Fernanda entrou na sala.
– Augusto? Está tudo bem? – perguntou ela.
O visitante baixou os olhos e se manteve em silêncio.
– Frei Ricardo – disse Héctor limpando a garganta. – Foi preso e torturado.
Fernanda cobriu a boca e sentou-se numa cadeira. Recuperou a respiração e perguntou: – Eles... machucaram muito ele?
– A informação que temos é de que foi brutal. O estudante solto hoje falou de longas horas no pau de arara e sessões de choque intermináveis.
Augusto olhou alternadamente para Héctor e Fernanda antes de continuar.
– Não temos ainda a confirmação do que ele abriu, mas tem um dado importante. O estudante contou que, ao voltar para a cela, o Ricardo repetia seguidamente quatro sílabas que ele demorou para entender.
O suspense durou alguns segundos, antes que ele pronunciasse, pausadamente:
– "Tu-pa-ma-ro".
– Não! – gritou Fernanda e cobriu o rosto.
– Você é ligado aos tupamaros, Héctor? – perguntou Augusto.
– Não. Nunca fui. Eles nem existiam quando eu saí do Uruguai.
– É um apelido! – gritou novamente Fernanda. – Uma desgraça de um apelido! Eu sempre tive medo de que... – ela desiste, respira fundo e volta a cobrir o rosto.
Augusto foi até a janela, abriu uma fresta na cortina e checou novamente o entorno da casa. Voltou-se para Héctor:
– Tem como eles ligarem esse apelido a você?
Héctor procurou se acalmar:

– Na faculdade, muitos me chamam...
– Ibiúna – cortou Fernanda.
Héctor congelou. Ibiúna, claro. Fora fichado. Eles tinham seu nome e endereço completos.
– Minha ficha não fala em "Tupamaro" – tentou argumentar com Fernanda, sem convicção.
– Usa a cabeça, Héctor. Quantos estudantes uruguaios foram presos naquele dia?
– Eu não sou mais uruguaio – disse Héctor, sem muita confiança. – Sou brasileiro há quase dez anos.
– Isso não tem a menor importância, você não entende? – disse Fernanda em tom exasperado. – Qual a chance de alguém, fora você, ser chamado de Tupamaro?
Héctor ficou imóvel.
– Quer dizer – interveio Augusto – que se eles consultarem sua ficha, você vai aparecer como uruguaio naturalizado. Com este endereço.
O ambiente foi tomado por um silêncio súbito e pesado. Ernesto entrou na sala, vindo da cozinha. Percebendo que havia algo errado, se aninhou no abraço da mãe.
Augusto consultou o relógio de pulso:
– Faz uma mala rápido, Héctor. Eles não podem te achar aqui.
Héctor hesitou por um par de segundos. Augusto percebeu e fez um gesto sutil na direção de Fernanda e Ernesto. O tempo era curto. Eram óbvios os riscos a que ambos estariam expostos dali em diante. Héctor lembraria por muito tempo o peso surdo daquele momento. Lembraria da simplicidade casual, revoltante, com que a certeza da calamidade abraçava sua vida, dando eco às palavras: "Era evidente que ia dar nisso – e não venha me dizer que não sabia".
Sem dizer palavra, subiu a escada em direção ao quarto para recolher o mínimo necessário para sua sobrevivência imediata. Fernanda e Ernesto seguiam abraçados na sala.

Augusto pensou em aceitar o copo d'água oferecido, mas em vez disso disse a Fernanda:

– Eles não devem demorar em aparecer aqui. Esteja preparada para isso.

Héctor reapareceu com uma pequena maleta na mão e uma jaqueta sobre os ombros. Parou ao pé da escada e olhou em volta, procurando fixar detalhes insignificantes da sala despojada do sobrado. Sabia que esse breve inventário da memória seria companheiro valioso nos tempos à frente.

Aproximou-se de Fernanda e Ernesto e pousou a mala no chão. Os três se juntaram num abraço por alguns segundos. Héctor pegou em seguida a mala, fez um sinal a Augusto e ambos caminharam em direção à porta.

– Eu entro em contato assim que puder.

A porta se fechou atrás de Héctor. A lâmpada pendurada no forro da sala oscilou com o golpe de ar vindo de fora. Fernanda foi até a porta e passou a chave. Em nenhum dos endereços em que viria a morar dali em diante ela deixaria portas destrancadas ou janelas abertas.

Olhou em seguida para Ernesto. Ambos tinham acabado de ver a figura de Héctor Méndez pela última vez.

20h51
Fernanda e Ernesto

A CAMPAINHA DO apartamento soa, surpreendendo Fernanda a meio caminho entre seu escritório e a sala de estar. Ainda luta com o brinco que teima em se recusar a ser pendurado em sua orelha esquerda.

Ela estanca com uma expressão de interrogação e procura o olhar de Ernesto, que está de costas, na sala, assistindo ao comício. Dirige-se à porta, destranca, abre e dá de cara com uma mulher de estatura baixa e curtos cabelos acobreados. Uma estranha à sua porta: exatamente a situação que Fernanda se esforçava em evitar.

O casaco bege da visitante, pesado demais para o clima paulistano de janeiro, parece grande para seu porte franzino. Não é particularmente bonita, e a ausência de maquiagem revela estar pouco preocupada com sua aparência. O sorriso estudado nos lábios dá ao conjunto um ar de alguém prestes a recitar uma ladainha ensaiada, talvez uma pregadora evangélica ou vendedora de enciclopédias. Traz nas mãos um pacote embrulhado em papel pardo e uma sacola de couro a tiracolo.

Um tanto aturdida, Fernanda pergunta:
– Pois não?

Ernesto, de costas para a cena, grita da sala:
– Mãe, é uma encomenda que veio da França!

A visitante pergunta:
— Fernanda?
— Sim?
— Fernanda Méndez?
Ao ouvir o nome "Méndez", Ernesto pula do sofá e vem rapidamente em direção a ambas. Fernanda dá dois passos atrás, visivelmente perturbada, apertando o segundo brinco contra o peito.
Ernesto se aproxima da desconhecida e pergunta:
— O que foi que você disse?
— Perguntei se estava falando com Fernanda Barros Méndez — diz a visitante num português fluente, envolto em leve sotaque francês.
Fernanda, com voz hesitante, intervém:
— Como?... Você, quem...
— Ela era... — atropela Ernesto — já foi... Fernanda Méndez. Hoje é Fernanda Machado. Há muito tempo que ela é Fernanda Mach...
— Você deve ser o Ernesto — corta a visitante.
— Eu mesmo. Mas...
— Ernesto — diz a pequena mulher, ampliando o sorriso. — O único filho de Héctor Méndez.

NOITE ADENTRO

20h56
Fernanda, Ernesto, Tomás e Juliette

TOMÁS ENTRA NA sala ajeitando a gola de seu paletó esporte, ainda alheio à situação.

— A última vez que nós jantamos lá, eu pedi... — diminui o passo ao se dar conta de que algo se passa. Alguém à porta parece ter mencionado o nome Méndez.

Ernesto encara a visitante, pasmo:
— O que o meu pai tem a ver com...
Fernanda se adianta:
— Você tem... notícias do Héctor?
A visitante parece não a ouvir. Examina as feições de Ernesto, mantendo o sorriso nos lábios.
— Engraçado. Você é ao mesmo tempo muito parecido com ele e muito diferente do que eu imaginava.
— Quem é você? — insiste Fernanda.
— Juliette, muito prazer. Isto é para vocês dois — ergue o pacote pardo em direção a Fernanda e Ernesto, que não fazem menção de recebê-lo. — Viajou muito até aqui. Posso entrar?

Sem esperar a resposta, Juliette entra no apartamento, assentindo em aprovação da decoração do hall. Desfaz-se do casaco, atirando-o sobre um aparador, revelando um vestido acinzentado, com gola e punhos brancos.

Tomás ainda tenta entender:
— Quem é essa...

– Mãe – interrompe Ernesto –, você sabe alguma coisa dessa encomenda?

– Não, eu... – segue a visitante com os olhos. – Me responde: você sabe do Héctor?

A visitante parece não ouvir. Chega ao ambiente da TV, aponta as imagens do comício e comenta:

– Ah! Que lindo o povo nas ruas, não? Será o nascimento de um novo Brasil?

Aguarda em vão alguma reação. Continua:

– Ou será o meu lado romântico querendo ver esperança onde não há?

– Desculpe – diz Tomás se aproximando –, eu não estou entendendo.

– Essa mulher, Tomás – diz Fernanda –, chegou perguntando por...

– Ah, *pardon*, Fernanda, se eu te chamei pelo nome errado. É que eu ainda não assimilei seu novo sobrenome.

– "Novo" sobrenome? – pergunta Tomás.

Juliette continua falando com Fernanda:

– De alguma forma, e você me desculpe a franqueza, mas Fernanda Machado não soa tão... *forte* quanto "Fernanda Méndez".

– Pera, pera, peraí! – interrompe Ernesto elevando a voz.

Ele fecha a porta social, vai até a TV e desliga o aparelho antes de continuar.

– Para tudo! Volta a fita. Vamos começar de novo: você veio aqui trazer uma encomenda.

– *Eh, oui.*

– Pra mim e pra minha mãe.

– Perfeitamente.

– Da França...? – completa Fernanda.

– Só que não sabe – segue Ernesto – que minha mãe não usa o nome "Méndez" faz muito tempo. Desde que se separou do meu pai.

– Se separou do seu pai? – pergunta a francesa. – Ou foram separados?

Ernesto congela.

Fernanda sobe o tom de voz:

– Por favor! O que você sabe sobre o Héc...?

Tomás intervém, dirigindo-se à visitante:

– Olha, desculpe, mas nós com certeza não vamos ficar aqui discutindo questões de família com alguém que nem sabemos quem é.

– *Bien sûr!* – diz a francesa com certa alegria. – Vamos então fazer uma apresentação formal: Juliette Pernaud, do Departamento de Ciências Políticas da Sorbonne – faz uma pequena mesura. – Muito prazer.

– Quem você é ou o seu currículo – diz Tomás, subindo o tom de voz – com certeza também não nos interessa. Pode deixar esse pacote aí mesmo, que nós estamos de saída.

Ele dá um passo em direção à visitante, mas é impedido por um gesto de Ernesto:

– Só um minuto, Tomás. Olha – diz, olhar fixo em Juliette –, pra começar, eu não conheço ninguém na França.

Fernanda, ainda perplexa, pergunta em tom hesitante:

– Como é que você... nos achou aqui? Com outro sobrenome, outro endereço?

– Faz meses, Fernanda, que eu estou fazendo um trabalho de pesquisa no Brasil, e um dos lugares que eu visitei foi a linda cidadezinha de Minas Gerais onde mora sua família – abre um sorriso. – E que nome mais divertido: Teófilo Otoni! Parece um personagem de García Márquez! – Ninguém acha graça, ela suspira: – Foram eles que me deram este endereço.

– Você anda investigando a nossa vida? – pergunta Tomás.

Juliette ignora a pergunta, mantém o olhar em Ernesto.

– Ernesto, me diga: quantos anos você tinha quando seu pai... saiu de casa?

Tomás insiste, elevando o tom de voz:

— Você ouviu o que eu perguntei?

Ernesto volta a conter Tomás com o braço.

— Escuta aqui... hã...

— Juliette.

— ... Juliette. Aqui... digo, aqui neste país, não se entra sem mais nem menos na casa de alguém que a gente não conhece e...

— Não precisa me explicar, Ernesto. No meu país isso também não é costume. Mas nós franceses somos famosos pela má educação, como você deve saber.

Os três a encaram, atônitos. Ela continua.

— Agora, se vocês deixarem, eu posso explicar por que me dei ao trabalho de achar vocês e entregar pessoalmente esse pacote.

— Não, não deixamos — diz Tomás de forma definitiva. — Essa conversa acabou.

Ele pega um dos braços de Juliette e começa a conduzi-la à porta:

— Por favor.

Juliette resiste:

— Por que falar de Héctor Méndez causa tanto incômodo a vocês?

Ernesto se aproxima dela:

— Afinal, qual a sua ligação com meu pai?

— Ernesto — intervém Fernanda —, deixa o Tomás cuidar disso.

— Seu pai, Ernesto — diz Juliette —, foi uma das pessoas mais fascinantes que eu conheci. Um homem amargurado, mas cheio de poesia. — Volta-se para Fernanda e continua: — E homens com poesia são raros hoje em dia, você não acha, Fernanda?

— Isso está ficando ridículo — diz Tomás. — Eu não vou ficar aqui ouv...

— Você não me respondeu, Ernesto: quantos anos você tinha quando... perdeu contato com seu pai?

— ... Dez, onze anos, por aí. Mas o que isso tem a ver...

— Eu convivi com ele por mais de oito anos.

– Conviveu? – pergunta Fernanda.
– Nos conhecemos por questões de trabalho e com o tempo nos tornamos... amigos.
– Como assim, amig...
– E o que aconteceu? – interrompe Ernesto.
– Você perdeu contato com ele? – diz Fernanda. – Ou...
– Estivemos juntos até o ano passado. Héctor faleceu oito meses atrás, no Hospital Saint-Joseph, em Paris.

Perfurando o silêncio que começa a ocupar a sala, ouve-se o murmúrio longínquo dos aparelhos de TV nos prédios vizinhos, sintonizados no comício.

Fernanda dá dois passos na direção de Ernesto e o abraça longamente. Vai em seguida até Tomás, que a consola. Ambos se sentam no sofá em frente à TV desligada.

Ernesto se deixa cair numa cadeira junto à mesa de centro. Mantém a cabeça baixa. Após alguns segundos, Juliette se aproxima dele, acariciando o pacote que traz em suas mãos.

– Ernesto, *pardon*, mas era desejo do seu pai que...
– Do que ele morreu?
– Osteomielite crônica. Que se deteriorou numa infecção generalizada.

Fernanda, no sofá, engole em seco:
– Meu Deus...
– Os médicos acham que foi uma consequência tardia das fraturas que ele sofreu na tortura.

Instala-se novo silêncio, quebrado por Ernesto:
– Tortura? – volta-se para Fernanda. – Mas ele não fugiu do país pra não ser preso e torturado?

Fernanda ergue a cabeça e busca apoio em Tomás. Ernesto segue com o olhar cravado na mãe.

– Não foi isso que você sempre me disse, mãe? Que ele conseguiu escapar de ser preso, fugiu e nunca mais entrou em contato conosco?

Segundos de silêncio martelam a sala. Ernesto se levanta e grita exasperado:

– ALGUÉM PODE ME DIZER O QUE ESTÁ ACONTECENDO AQUI???

Fernanda coloca sobre a mesa de centro o segundo brinco que trazia nas mãos e tenta controlar a respiração. Ernesto insiste.

– Mãe! Você sabia disso? Que o meu pai foi torturado e... – volta-se para Juliette, como se juntasse as peças de um quebra-cabeça – ... exilado? Meu pai foi exilado na França, é isso?

Fernanda respira fundo e responde com dificuldade.

– Eu sabia... da tortura, Ernesto. Mas não da França. Eu não tive mais nenhum contato com teu pai depois que ele saiu do Brasil.

– E mentiu pra mim? Com que direito, mãe? Que direito você tinha de mentir pra mim?

Fernanda não responde. Ernesto volta a subir o tom de voz.

– Mentiu sobre o que aconteceu com meu próprio pai?

– Ernesto – intervém Tomás, apertando o abraço que envolve Fernanda –, esse é um assunto dolorido demais pra ela...

– Dolorido demais pra ela? E pra mim?

– Calma, Ernesto...

Ernesto encara Tomás e aponta para a mãe antes de responder.

– Eu sempre respeitei o direito dela de não querer tocar no assunto, porque sempre me disseram que ele... sumiu. Conseguiu fugir do país e nunca mais nos procurou – busca o olhar da mãe. – Não foi isso que todo mundo sempre me disse?

Volta-se para Juliette.

– Não adianta você ficar me perguntando sobre o meu pai. Minha lembrança dele é... confusa. A única coisa que eu sempre tive certeza é de que ele foi um covarde.

– *Alors*, Ernesto...

– Co-var-de. Não por fugir, por se mandar do país pra salvar a própria vida, mas covarde por não voltar. Veio a anistia, os exilados voltaram, e nada dele. Então eu coloquei uma legenda nesse assunto "Héctor Méndez". Diz assim – faz com as mãos o gesto de um letreiro: – "Apaga. Esse não merece".

Encara os três à sua volta:
– E agora me jogam na cara que "não foi bem assim" – volta-se para Tomás – e você ainda quer que eu fique calmo!

Alguns segundos se passam. Ernesto, ofegante, volta a se sentar.

– Ernesto – diz Juliette –, eu lamento muito que você tenha pensado isso do seu pai por todos esses anos.

– Você "lamenta"...

– Sim, porque o Héctor sempre deixou claro para mim o quanto você e sua mãe eram importantes para ele. *Foram* importantes, até o final.

Ernesto não responde. Juliette se aproxima dele.

– Ele queria muito que vocês ficassem com isto... – diz, entregando o volume pardo. – São cartas, diários e outros escritos dele.

Ernesto recebe o pacote e examina-o com pouco interesse.

– Bom – diz Juliette, percorrendo os três pares de olhos à sua frente –, talvez seja melhor eu ir embora e deixar vocês à vontade para...

– Finalmente! – corta Tomás se levantando. – É a primeira coisa sensata que eu ouço sair da sua boca. Por favor...

– Não – diz Ernesto, em voz baixa. – Fique, por favor.

Tomás, que estava prestes a conduzir Juliette em direção à porta, estanca.

Ernesto segue, encarando Fernanda com desdém: – Fique. Eu preciso de alguém que respeite o meu direito de saber o que realm...

Fernanda explode:

– Ernesto, por favor! Você não vê que eu também estou sangrando por dentro!

Ernesto para. Reflete. Respira. Volta-se para Juliette.
– Fique. Por favor. Eu quero saber mais sobre o meu pai.

Juliette alterna um olhar de dúvida entre Fernanda e Tomás.

– *Alors*, Ernesto, eu entendo que o momento é de luto por seu pai, e eu não sou uma pessoa... digamos... uma pessoa fúnebre, como você já deve ter percebido. Eu diria que sou até *un peu gênante*... como se diz em português? Um tanto inconveniente. Falo sempre mais do que deveria. Você quer mesmo que eu fique?

Sem responder, Ernesto abre o pacote. São vários cadernos amarrados com barbantes, separados em volumes.

– Tenho certeza – diz Juliette apontando para os escritos – de que muito do que você quer saber sobre o seu pai está aí. A história não contada de Héctor Méndez.

Ernesto abre o primeiro caderno e lê em voz alta:

Meus queridos Fernanda e Ernesto:
Não sei se minhas palavras chegarão a vocês um dia, mas elas são o que me resta. A memória, quando colocada no papel, parece mais frágil. Baixa a guarda, dá a impressão de que pode ser domada. As lembranças, que antes nos agrediam, são enquadradas na página, palavra por palavra, linha a linha, para que alimentemos a esperança de controlá-las – quem sabe um dia até suportá-las.
Como se recomeça um livro interrompido?
Na solidão do meu refúgio de foragido, passei dias sem fim tentando recompor os capítulos do meu destino. Escolhi começar por aquela noite em que os tentáculos da tirania violaram nossa pequena casa e trincaram nossa história. Aquela noite – a última em que vi vocês – e todas as que se seguiram, até hoje, giram em mim numa espiral desgovernada, rumo ao final implacável que encaro agora.

NAQUELA NOITE, AS instruções de Augusto eram para que levasse Héctor a um apartamento na rua Araújo, no centro, "aparelho" que já havia sido usado pelos dominicanos para abrigar outros perseguidos na mira da repressão. Havia um procedimento de segurança: ambos deviam percorrer a rua paralela (Marquês de Itu) e verificar se nos fundos do apartamento havia roupas penduradas no varal. Se não houvesse, era sinal de que o endereço estava comprometido, e eles deviam ir diretamente ao ponto alternativo, na rua dos Guaianazes. Foi o que aconteceu. Héctor foi instalado num minúsculo apartamento onde ficou confinado por várias semanas.

Todo cuidado era pouco. O ano de 1971 vinha sendo pródigo na caçada a inimigos do regime, não importando quão frágeis (ou falsas) fossem as acusações contra eles. Em janeiro, um mês após o ex-deputado federal Rubens Paiva (cassado em 1964) ter visitado políticos brasileiros exilados no Chile, sua casa no bairro carioca do Leblon foi invadida por homens armados; sem oferecer qualquer resistência, Paiva conduziu o próprio carro até o Comando da III Zona Aérea e dois dias depois estava morto. A farsa relatada na versão oficial, que envolvia uma suposta tentativa de sequestro do ex-parlamentar por terroristas numa estrada no Alto da Boa Vista, é uma das mais patéticas narrativas nos anais da ditadura; o paradeiro do corpo nunca foi determinado.

Militante do MR-8, Stuart Angel Jones foi preso em 14 de junho no Grajaú, Rio de Janeiro, por agentes do Centro de Informações de Segurança da Aeronáutica (Cisa); foi levado para a Base Aérea do Galeão, então sob o comando do brigadeiro João Paulo Burnier; após infindáveis sessões de tortura, sem que abrisse informações sobre o paradeiro do comandante da VPR, Carlos Lamarca, Stuart foi amarrado a reboque de um jipe e arrastado pelo pátio; a cada parada, o cano de descarga do veículo era enfiado em sua boca, obrigando-o a respirar os gases do escapamento; morreu asfixiado e intoxicado por monóxido de carbono; seu corpo nunca foi encontrado; sua mãe, a estilista Zuzu Angel, denunciou seu desaparecimento ao governo norte-americano (filho de pai norte-americano, Stuart tinha dupla cidadania) e passou os últimos anos de sua vida exigindo respostas do regime, até ser morta em 1976 num acidente automobilístico provocado por agentes da repressão; a esposa de Stuart, Sônia Maria de Moraes Angel Jones, foi torturada e morta em São Paulo em 1973; enterrada como indigente, só ganharia uma sepultura digna dezoito anos mais tarde, quando seu corpo foi finalmente identificado.

Os relatos da violência crescente do regime deixavam os frades dominicanos em constante estado de alerta. Baseados em experiências com o acolhimento recente de perseguidos, seu temor em relação a Héctor era de que sua foto fosse incluída nos cartazes de "Procurados" que eram afixados por toda parte, o que tornaria sua movimentação e fuga ainda mais difíceis. Por isso, alguns deles defendiam sua remoção imediata do país. Naquele momento, o Chile de Allende era o destino de praxe, mas o canal clandestino de escape usado pelos dominicanos no Sul do país, por meio dos jesuítas de São Leopoldo, estava interditado desde que os religiosos gaúchos passaram a ser ostensivamente monitorados pela polícia do Exército. O mesmo acontecia na rota paraguaia.

A vigilância às atividades dos religiosos nas regiões de fronteira excluía também a hipótese de contrabandear Héctor de volta ao seu país natal. Além do risco da travessia, a situação política uruguaia se deteriorava, com embates frequentes entre tupamaros e organizações de extrema direita, como a Juventud Uruguaya de Pie e o Esquadrão da Morte local. Dali a menos de dois anos, o presidente Juan María Bordaberry fecharia o Senado e a Câmara dos Deputados e daria início à "ditadura cívico-militar" uruguaia, que duraria até 1985.

A opção que restava a Héctor, defendida pela maioria do núcleo de resistência que o protegia, era enviá-lo à região do Araguaia, onde, desde 1966, militantes comunistas tentavam se integrar às comunidades locais de catadores de castanhas e camponeses empobrecidos. O plano era instalar uma base de operações armadas e de doutrinamento ideológico na confluência dos estados do Pará, Maranhão e Goiás. Dali, pretendiam deflagrar a guerrilha rural que se espalharia pelo país. Até aquele momento, tinham conseguido apenas armazenar alimentos, munição e remédios em pequenas bases na mata, abrir pequenos comércios, como bares e farmácias, prestar atendimento médico domiciliar, realizar partos e dar aulas de alfabetização. Os "paulistas" ou "sabidos" – como eram chamados pela população local – calculavam que em um par de anos reuniriam as condições para pôr em marcha a revolução armada.

Héctor se mostrava resistente a ser despachado para o Norte do país, citando objeções de cunho ideológico (não se alinhava ao projeto comunista radical) e operacional (não acreditava no sucesso da guerrilha rural e recusava-se a pegar em armas). Por outro lado, tinha de se conformar com o fato de que era inviável aos militantes de São Paulo zelarem por sua segurança por tempo indefinido, transferindo-o de aparelho em aparelho. Tinha consciência das crescentes dificuldades financeiras e logísticas que as enfraquecidas células guerrilheiras enfrentavam.

A angústia de Héctor no pequeno apartamento se dividia entre o medo de ser descoberto e preso e a impossibilidade de comunicação com Fernanda e Ernesto. O grupo encarregado de sua proteção estava convencido de que o sobrado da Frederico Abranches estava sendo monitorado. Temiam que o emprego de Fernanda e até mesmo a escola de Ernesto também estivessem sob vigia. Qualquer tentativa de contato nesses endereços colocaria em risco todos os envolvidos na operação de mantê-lo a salvo das garras da repressão. Resignado, Héctor passava os dias escrevendo cartas e pensamentos que, sabia, tinham pouca chance de serem lidos um dia por quem quer que fosse, em particular sua mulher e filho.

Numa manhã de dezembro, a poucos dias do Natal, Héctor cortou uma tira de papel e escreveu uma única frase. No dia seguinte, Augusto visitou o aparelho, trazendo mantimentos.

– Tenho um favor pra te pedir – disse Héctor. Tirou a tira de papel do bolso e entregou ao dominicano. – Pode ler, se quiser.

Augusto desdobrou o papel e leu. Héctor já esperava seu olhar de incompreensão.

– É algo que só faz sentido pra Fernanda e pra mim. Você pode enfiar isso num livro de orações lá da Igreja de São Domingos? No Natal, ela é capaz de passar por lá. Se ler isso, vai saber que estou inteiro.

O frade avaliou os riscos. Finalmente, concordou e enfiou o pedaço de papel no bolso da camisa.

21h42
Fernanda, Ernesto, Tomás e Juliette

– "O POETA é um mentiroso que só fala a verdade" – leu Ernesto. Levanta os olhos do caderno e encara Fernanda:
– Como assim? – Todos os olhos se voltam para ela.
– É um... oxímoro.
– Ah! – diz Juliette, feliz com a descoberta. – *Un oxymore!* Ernesto e Tomás trocam olhares de incompreensão.
– Uma figura de linguagem – explica Fernanda –, coisa da faculdade. Nós costumávamos deixar recadinhos como esse, um para o outro. Nada importante.
– E foi essa a mensagem que ele deixou pra você? – diz Ernesto, ainda tentando entender. – Com tudo o que estava acontecendo, ele fugido, nós com medo de a polícia aparecer a qualquer momento, o mais importante que ele achou pra te dizer foi um... oxímoro?
– Foi a maneira que ele encontrou pra me dizer algo de um jeito que ele sabia que só eu entenderia. Ele estava querendo que nós soubéssemos que estava a salvo.
– E você recebeu esse bilhete?
– Sim. Como ele imaginava, nós fomos na missa de Natal na São Domingos e me deram um livro de orações com um pedaço de papel dentro.
– Só isso? Mais nada?

— Pra mim foi muito. Um alívio enorme. Fazia várias semanas que ele tinha saído de casa, e nenhuma notícia — fixa o olhar em Ernesto. — Eu lembro de te dizer nesse dia na igreja que ele estava bem.

— Eu também me lembro. Achei que fosse só... uma coisa de fé, naquela igreja, sei lá. Não entendi que tinha havido um contato real, uma mensagem.

— Eu nunca soube — Fernanda se volta para Juliette — se chegou ao Héctor a confirmação de que eu tinha recebido esse recado.

— Chegou sim, pelos dominicanos — esclarece a francesa. — Ele me confirmou. Pretendia usar esse canal para te mandar outras mensagens, mas não teve tempo.

Tomás se irrita com a intervenção não solicitada de Juliette e seu tom de intimidade com Héctor.

— Ernesto, francamente, acho que o prazo de validade dessa mulher nesta casa expirou. Deve ter muito conteúdo pessoal nesses escritos — encara a francesa. — Se você tivesse um mínimo de educação, respeitaria a nossa privacidade.

— "Nossa" privacidade? — diz, Juliette irônica. — Interessante como o senhor se inclui ness...

— Sim, *nossa* — corta bruscamente Tomás, elevando a voz. — *Nossa* família. Que não precisa desse seu tom debochado num momento como este.

— Tem coisas que só ela sabe, Tomás — diz Ernesto tentando colocar panos quentes. — Incluindo tudo o que aconteceu com meu pai nos últimos anos.

— Mesmo assim, a presença dela aqui com esse tom arrogante e invasivo não faz o menor sentido.

— Deixa ela em paz, Tomás, por favor.

Ernesto se volta para Fernanda, que parece alheia enquanto examina as próprias mãos.

— Bom, mãe, foi esse o caminho que vocês escolheram, não foi? Pode-se dizer que *pediram* por isso, foi ou não foi?

Fernanda baixa a cabeça e respira fundo, evitando entrar em outra discussão.

Juliette aproveita o hiato:
– Estou entendendo, Ernesto, que você não concorda com a militância política dos teus pais?
– Como é que eu posso concordar? A "militância" ensandecida dos dois nos levou a quê? *ME* levou a quê? A ter que descobrir, não sei quantos anos depois, o que aconteceu com meu próprio pai!
– As escolhas sempre cobram seu preço, Ernesto – diz Tomás.
– Nada vai mudar isso agora.
– Só que quem pagou o preço, no caso, fui eu. E paguei caro demais.
– Por quê? – pergunta Fernanda, reagindo finalmente. – Você acha que tudo o que aconteceu não teve nenhuma consequência pra mim?
– Mãe, por favor, não vamos começar...
– É que você insiste em falar no que aconteceu com *você*, nas consequências pra *você*, como se você fosse o centro do mundo.
– É claro que teve consequências para todos – diz Tomás.

Para irritação de Tomás, Juliette segue se dirigindo a Ernesto:
– Em vista do que se passou, é compreensível que você discorde da ideologia e das opções políticas dos teus pais.
– A ideologia dele é outra – corta Fernanda, irônica. – Se resume, basicamente, a ganhar um prêmio qualquer em Cannes.

Ernesto balança a cabeça:
– Não acredito que nós vamos voltar a esse assunto.
– O assunto é o mesmo, Ernesto: opção de vida. O que você não quer é comparar quem era o teu pai e quem você é hoje.
– Eu tenho o direito de saber o que aconteceu com ele! E sem o benefício do teu julgamento, se for possível.
– Eu me desculpo por ter aberto esse assunto – intervém Juliette novamente –, mas é interessante, Ernesto, ver tua rejeição ao idealismo dos teus...

Tomás enfim perde a paciência e intervém de forma dura.

– Escuta aqui, *mademoiselle*: sua presença aqui já é inconveniente o suficiente. Com certeza não precisamos também da sua análise sobre a opção ideológica de quem quer que seja.

– Ah, parece que toquei num nervo exposto – responde Juliette com ironia.

– Essa suposta intelectualidade acadêmica de que você faz parte nunca entendeu o que se passou e o que acontece por aqui. Há feridas duríssimas que o país está tentando cicatrizar, e a solução não vai vir apontando o dedo para quem quer que seja.

Juliette tenta responder, mas Tomás se ergue, vai até a TV e liga o aparelho. Imagens do comício reaparecem na TV. Seguem os discursos no palanque. Ele aponta para a tela, encarando Juliette.

– Muitos que estão aí hoje, discursando pras câmeras, talvez a maioria nesse palanque, apoiou a revolução. Os grandes jornais, esses mesmos que estão hoje defendendo as Diretas, também entenderam que em 64 o país estava à beira da anarquia. Botar ordem na casa era a única coisa sensata a fazer.

– Uma coisa "sensata" que resultou em...

– Apoiaram – corta de novo Tomás – acreditando que em pouco tempo o país teria novamente um governo eleito. Foi nisso que eu também acreditei. E milhares como eu. Quando o regime endureceu, nossa postura passou a ser de crítica, é claro.

– Ah, isso com certeza me surpreende, *monsieur*...

Tomás balança a cabeça e sorri, irônico.

– Sua surpresa é um atestado da sua ignorância. Nossas universidades estão cheias de gente como você: intelectuais baratos, pseudoacadêmicos, que vivem de rotular as pessoas sem levar em conta qualquer contexto. Se você tivesse a mínima ideia sobre com quem está falando, saberia que eu nunca fui nem sou defensor da ditadura, se é isso que você está insinuando.

– Mesmo que isso fosse contra os interesses da empresa para a qual o senhor trabalha?

– Chega a ser patético... segundo a sua lógica rasteira, todos os que continuam a acreditar e investir no Brasil durante o regime militar são defensores da ditadura?
– Prejudicar negócios com o governo, com certeza, não vai.
Fernanda intervém em tom duro, inclinando o corpo em direção a Juliette.
– Quem te deu essa liberdade? Quem você acha que é pra julgar as atitudes do Tomás, ou de qualquer pessoa aqui?
– Você acha que eu estou te julgando, Fernanda?
– Olha, Juliette – interrompe Ernesto –, eu agradeço você ter vindo até aqui relatar pra nós toda essa história, mas isso não te dá de maneira alguma o direito de questionar quem quer que seja. Especialmente o Tomás, graças a quem nós reconstruímos a nossa vida.
– Não precisa me defender, Ernesto – diz Tomás. – Eu não estou interessado no que essa mulher pensa de mim. Minhas atitudes falam por mim. Só me importa o que você e tua mãe pensam, ninguém mais.
Ernesto vai à TV, volta a desligar o aparelho:
– E, além do mais, o momento não é de discussão política. O assunto aqui é o meu pai.
A sala fica em silêncio. Ernesto senta-se e folheia as páginas em busca do ponto de recomeço da leitura. Está a ponto de fazê-lo, mas a voz hesitante de Fernanda se antecipa.
– Desculpe, Ernesto. Antes de você continuar, eu tenho que te dizer que... – procura as palavras – ... que eu entendo que você ache que teu pai e eu fomos ingênuos, descuidados. Que tudo o que aconteceu foi resultado das ideias... românticas... minhas e do teu pai. Mas eu quero que você saiba que, por trás de todos os erros que nós podemos ter cometido, tinha... um ideal.
– E lá vamos nós com o "sonho" outra vez... – diz Ernesto, com desdém.
– Não havia como escapar disso, Ernesto – ela diz, olhando firme nos olhos do filho. – Era o que nos movia. O ar que nós

respirávamos. Lutar, com as poucas armas que nós tínhamos, por uma sociedade menos desigual. Lutar pelo país que nós queríamos que você herdasse, Ernesto.

Fernanda pausa alguns segundos antes de continuar.

– Eu sei que você não vai entender, Ernesto, mas além do futuro que queríamos para você, tinha algo muito forte que unia teu pai e eu: a convicção de que nossos ideais eram justos. De que valia a pena defendê-los.

– Até que ponto, mãe? Até que ponto valia a pena arriscar nossa vida, nosso futuro?

– Pode parecer absurdo agora, depois de tudo o que aconteceu, mas nós achávamos que não corríamos grandes riscos. Fomos muito cuidadosos depois que você nasceu. Reduzimos a quase zero os contatos com o centro acadêmico; nossa casa nunca mais foi usada para reuniões; nenhum de nós jamais participou da luta armada – nem no planejamento, nem no apoio, e muito menos em qualquer ação de campo.

Fernanda aguarda uma reação do filho, que não vem. Ela continua, olhos fixos nele.

– Nós nunca abrigamos em casa um único guerrilheiro que fosse – e não faltaram pedidos para isso. Teu pai nunca pôs a mão numa arma. Tinha aversão total à violência. Dizia que um país que nasce com sangue nas mãos já nasce com defeito: nunca vai escapar da violência. Tinha a convicção de que a sociedade com que a gente sonhava viria pela educação e conscientização, e não pelo caminho da luta armada.

– E nada disso, nenhum desses "cuidados", impediu tudo o que aconteceu conosco.

– Mesmo que ele nunca tenha segurado uma arma... – começa Tomás.

– Ele nunca mexeu com isso – corta Fernanda, enfática. – Eu sei do que estou falando.

– ... mesmo assim, meu amor, naqueles tempos não fazia diferença se a pessoa procurada aprovava ou não a opção armada.

A polícia não se interessava pelas convicções pessoais de quem caía na rede. Quando o nome dele foi delatado, virou terrorista. E ponto final.

O silêncio se espalha pela sala.

– A participação de vocês no movimento estudantil cobrou sem dúvida um preço alto – diz Juliette, após alguns segundos.

– Eu sei – diz Fernanda. – O Héctor ter sido preso naquele congresso estúpido de Ibiúna foi como uma lâmina que ficou suspensa sobre as nossas cabeças. Com o passar do tempo, nós preferimos acreditar que tinha sido algo sem importância, um passo em falso que tinha ficado pra trás. Mas um dia a lâmina caiu. E decepou nossa família.

Ernesto parece querer comentar, mas desiste. Busca o ponto de recomeço da leitura dos cadernos.

– Em janeiro de 72 ele estava então na clandestinidade e encurralado, certo? – pergunta a Juliette.

– Sim. Uma situação muito angustiante para alguém como ele, que não tinha vivência nem treinamento para suportar esse tipo de pressão. Ficar trocando de esconderijo em São Paulo para sempre era impossível.

– E tentar fugir do Brasil era inviável...

– Sim. Mesmo contra a vontade dele – sentencia Juliette –, o Araguaia acabou sendo a única opção.

O PADEIRO PORTUGUÊS *João de Souza Pedroso, radicado desde os anos 1910 em Belém do Pará, teve com a marajoara Raymunda Leal um total de oito filhos. Determinou ao cartório local que incluísse o nome "Amazonas" na certidão de todas as crianças. Após a morte do casal, no final da década de 1920, João Amazonas, então com dezesseis anos, ficou responsável pelo sustento dos irmãos.*

Seduzido pelas ideias de resistência da Aliança Nacional Libertadora à ditadura Vargas, João juntou-se à Juventude Comunista e foi trabalhar na Fábrica Palmeira de massas e biscoitos em Belém do Pará, onde criou uma célula comunista. Nessa época, conheceu o sindicalista Pedro Pomar, futuro companheiro de uma trajetória que se estenderia por décadas.

Presos pela repressão varguista, Amazonas e Pomar fugiram da cadeia em 1940 e seguiram em direção ao Rio de Janeiro. Na fuga, subiram os rios Tocantins e Araguaia, tomando contato pela primeira vez com a região que compreendia o Sudeste do Pará, o Sul do Maranhão e o Norte de Goiás (hoje Tocantins). Supunham ser "caminhos nunca dantes navegados", até que um morador da pequena cidade de Colina lhes mostrou o piano que fora dedilhado pelo tenente João Alberto, um dos líderes da Coluna Prestes, que percorrera a região nos anos 1920.

Após o golpe militar de 1964, João e Pedro fizeram parte do grupo dissidente que rachou o PCB de Luís Carlos Prestes, contrário à luta armada. O recém-criado PCdoB, partidário da estratégia guerrilheira, não demorou em designar a região do Araguaia como base de operações e em estabelecer contatos com líderes comunistas chineses. Para lá seriam enviados militantes a serem treinados nas técnicas de guerrilha rural que tinham prosperado na vitória de Mao Tsé-tung sobre o Kuomintang.

Embora a primeira ação coordenada do Exército contra os "paulistas" do Araguaia só fosse se materializar em abril de 1972, desde o ano anterior os militares sabiam que focos de guerrilha se espalhavam pela região do Bico do Papagaio. Pequenas bases guerrilheiras haviam sido desmanteladas em anos anteriores em Imperatriz, no Maranhão, mas era no Sudeste do Pará que se concentravam os cerca de sessenta homens e mulheres encarregados de desencadear a guerrilha rural. Eram em sua maioria ex-estudantes e profissionais liberais vindos de diversas partes do país. Havia de tudo: comunistas convictos que há décadas esperavam pela luta armada; jovens dispostos a lutar por ideais libertários; garotas decididas a acompanhar seus namorados em busca de vidas alternativas; e estudantes procurados que buscavam refúgio à espera de que a repressão urbana esfriasse. Muitos, como Héctor, eram escalados para atividades ligadas a alfabetização e educação, assistência médica e infraestrutura de habitação. Estavam instalados nas regiões de São João do Araguaia, Vale da Gameleira, Serra das Andorinhas e ao longo do que o governo pretendia que viesse a ser a rodovia Transamazônica.

***

Na preparação para seu embarque, Héctor foi informado de que, entre os guerrilheiros instalados no Pará, havia oito ex-estudantes que, como ele, haviam sido presos no Congresso da UNE em Ibiúna, *em 1968. No grupo recrutado pelo PCdoB logo após o golpe militar, dezoito militantes haviam recebido treinamento político-militar na China, seguindo a linha maoísta defendida pelo partido de promover uma guerra rural de desgaste prolongado das tropas adversárias – opção oposta à tática marxista-leninista de enfrentamento defendida por Cuba e seguida por Che Guevara e Marighella.*

A rota clandestina de Héctor ao Araguaia incluía o desembarque em Xambioá, próxima a São Geraldo do Araguaia, onde ele seria recolhido e transportado até a base designada por Destacamento "C" da guerrilha. Os militantes supunham que a cidade estivesse fora do radar do Exército naquele início de 1972, mas as forças do acaso conspiraram para o infortúnio de Héctor: na antevéspera da chegada do ônibus que o transportava, o estado de saúde de uma guerrilheira grávida, que contraíra hepatite, se agravou. A remoção de emergência para um hospital em Goiás foi decidida pelo comando da unidade, o que significava que o veículo escalado para recolher Héctor, único disponível na região, não estaria na pequena estação rodoviária para buscá-lo.

Héctor, em trânsito, estava alheio à situação. Viajava com documentos em nome de Francisco Guerra, engenheiro paulista da Construtora Mendes Júnior, identidade que supostamente deveria evitar suspeitas, dada a grande circulação local de técnicos da empresa ligados às obras da rodovia Transamazônica. Ao desembarcar sob o sol opressivo da manhã e ver-se sozinho, deu-se conta de que tinha de acionar o plano B, que envolvia deslocar-se por conta própria até a casa de apoio mantida pela guerrilha no vilarejo de Caianos. Na saída de Xambioá, Héctor pediu informações a um mateiro, que lhe indicou o caminho.

A tarde já ia pela metade quando Héctor vislumbrou a casa em Caianos. Os entalhes na madeira da porta batiam com a descrição que lhe fora dada. Sempre preocupado com resquícios de seu sotaque espanhol, havia evitado contato com castanheiros, barqueiros e caçadores que vira no caminho. Preferiu alongar o caminho, escolhendo caminhar por pequenas estradas e picadas abertas a faca.

A casa estava trancada e aparentemente vazia. Cansado das horas de caminhada, Héctor ajeitou-se embaixo de um babaçu, o corpo parcialmente oculto por uma moita de galhos secos, e adormeceu. Acordou com uma voz vinda da mata, atrás da casa:

– Ói ele ali.

O mateiro a quem tinha pedido instruções em Xambioá apontava para ele, à frente de um pequeno destacamento que, soube depois, era composto do delegado local, Carlos Marra, e um grupo de soldados e pistoleiros.

– Era ele que queria saber da casa – continuava o mateiro.

– Tá fazendo o que aqui? – perguntou o delegado a Héctor.

– Procurando o pessoal da Mendes Junior, que vinha me buscar na rodoviária, mas não apareceu.

– E eles te mandaram vir pra cá?

Héctor assentiu. O delegado sacou a arma da cintura.

– Por que não ficou esperando por lá?

– Me disseram que aqui era mais perto do... – o nervosismo de Héctor buscava desesperadamente pela palavra certa – do... canteiro de obras. Que era melhor eu...

– Não tem obra aqui perto, não – cortou o delegado, aproximando-se e sinalizando para os soldados. – Empacota ele.

Enquanto tinha os pulsos presos, Héctor viu que o mateiro continuava olhando fixamente pra ele: – Reparou que ele fala engraçado?

– Você é cubano? – perguntou Marra.

– Não, senhor. Sou de São Paulo. Meus pais vieram da Argentina, falo um pouco como eles.

A tropa se entreolhou, cheia de dúvidas. O delegado refletiu alguns instantes. Estava diante de um peixe diferente dos que pescava pela região. Podia ser a prova da ligação dos paulistas com guerrilheiros de fora do país.

— *Vamos levar ele. Mete o capuz.*

Héctor foi levado por terra até Caianos. Nos fundos da casa usada para detenções havia um enorme buraco aberto no piso de terra, que os soldados chamavam de "Vietnã". Foi ali que passou a noite, imaginando se eram minhocas ou aranhas que sentia rondar suas pernas nas horas intermináveis até o amanhecer. De manhã, foi novamente encapuzado e enfiado num helicóptero da United States Steel. A mineradora norte-americana, cujos geólogos haviam descoberto as reservas de minério de ferro de Carajás, fazia prospecções regulares na região e não tinha quaisquer escrúpulos em colaborar com a repressão à guerrilha, ajudando regularmente o Exército na logística de transporte de presos a Brasília. No futuro, seria sócia da Companhia Vale do Rio Doce.

Em Brasília, sua identidade seria confirmada a partir de informações fornecidas pelo Dops paulista: "Nome: Héctor Méndez" / "Codinome: Tupamaro" / "Nacionalidade: Brasileiro naturalizado – Nascido no Uruguai, 1938" / "Estudante Faculdade Letras USP" / "Preso Congresso UNE Ibiúna, 1968" / "Núcleo Clandestino Convento São Domingos" / "ALN" / "Marighella".

Decidiu-se que seu interrogatório se daria na cidade onde se concentravam as investigações sobre sua atuação subversiva: São Paulo.

22h25
Fernanda, Ernesto, Tomás e Juliette

ERNESTO ERGUE OS olhos dos cadernos e encara Fernanda.
– Preso. No Araguaia. E trazido pra São Paulo. Fernanda não responde. Ernesto continua:
– E eu, como idiota, acreditando esses anos todos que ele nunca tinha sido preso.
– Ernesto, nós já discutimos isso – diz Tomás. – Tua mãe tinha razões para te poupar do que se passou com teu pai na prisão.
Ernesto respira fundo e volta a se dirigir à mãe.
– Foi aí que nós tivemos que fugir correndo de casa? Quando ele foi preso?
Fernanda encara as próprias mãos:
– Sim. Quando os dominicanos confirmaram que ele tinha sido preso, me mandaram uma mensagem. Diziam que nós devíamos sumir imediatamente.
– Mas não havia nada contra você, certo? Você não era procurada...
– Eu nunca tinha sido fichada, ou presa. Mas havia relatos de companheiros de que eles iam atrás de familiares dos detidos, ameaçando usar violência contra eles pra forçar confissões ou delações de quem estava preso.
Ernesto balança a cabeça, incrédulo.
– A solução foi fugir para Minas Gerais... – diz Juliette.

— Eu não queria ir pra casa dos meus pais — diz Fernanda, de cabeça baixa. — Minha mãe estava com a saúde frágil, meu pai mal dava conta de cuidar dela. Tinha se aposentado, o dinheiro era apertado. Eu não queria chegar com mais problemas ainda, mas as opções eram poucas.

— E, pra piorar — diz Ernesto —, dona Fernanda ainda arrastava na bagagem um pirralho insuportável de doze anos. Eu me lembro dessa viagem, da gente embarcando à noite na rodoviária lotada. Você com um lenço enrolado na cabeça e usando óculos escuros à meia-noite.

— A tensão era grande. Nós tínhamos que assumir que podíamos estar sendo vigiados. Os dominicanos, que em geral eram calmos, estavam muito assustados. Tinham caído muitos aparelhos, muita gente presa e desaparecida, relatos horríveis de tortura. Os frades diziam que quase já não havia endereços em São Paulo para onde eles pudessem levar os militantes escondidos. Acho que nunca senti tanto medo na vida.

Juliette aguarda alguns segundos antes de falar:

— Então, se eu entendi bem, você não foi para a casa dos teus pais.

— Não. Uma prima lá mesmo de Teófilo Otoni teve a generosidade — e principalmente a coragem — de nos receber.

— Ela sabia da tua militância política?

— Minha família toda sabia, minha mãe morria de preocupação. Nos primeiros tempos de faculdade, quando eu ainda ia a Otoni algumas vezes por ano, acabei falando mais do que devia. Numa cidade pequena, onde impera a fofoca, não demorou pra que eu caísse na boca do povo. "A menina dos Barros, aquela que foi estudar em São Paulo, tá metida em política até o pescoço", era o que se dizia.

Juliette aguarda um segundo:

— Foram teus parentes de lá que me ajudaram a localizar vocês aqui.

— Uma gente que eu nunca tinha visto na vida — diz Ernesto.

– Eu sei que você nunca se sentiu bem lá. Mas nossa dívida com eles é enorme. Eles correram muitos riscos por nós. Se a polícia nos achasse naquela casa, ia ser o inferno pra eles também.

– A polícia não achava que você era peça importante – diz Tomás. – Senão teria te achado, com certeza.

– Esse tempo que nós moramos em Minas... – diz Ernesto, examinando um par de páginas dos cadernos e encarando Juliette – ... O Héctor nunca soube que nós fomos pra lá?

– Que eu saiba, não – diz Juliette. – Ele nunca me falou disso.

– Eu prometi à minha prima que seria por pouco tempo – diz Fernanda –, que eu ia logo procurar emprego e sair da casa deles o mais rápido possível.

– Mas no final foram... quantos meses? – pergunta Ernesto.

– Muitos. Era pra ser uma coisa de poucas semanas, mas eles acabaram nos acolhendo do início do ano até quase o fim de agosto. Meses e meses eu procurei trabalho em Otoni. Comecei tentando algo a ver com letras ou pedagogia, escolas, creches, bibliotecas; depois fui atrás de qualquer coisa, secretária, garçonete, caixa de supermercado... não consegui nada. Meu pai, que era conhecido na cidade, chegou a ir pessoalmente pedir a amigos e conhecidos que arranjassem alguma coisa pra mim. As pessoas até eram simpáticas com ele, mas não estavam dispostas a correr riscos com uma "subversiva".

– Como vocês faziam com as despesas? – pergunta Juliette.

– O pouco dinheiro que eu tinha trazido de São Paulo acabou logo. Minha prima e o marido dela, além de nos dar casa e comida, nos sustentavam. Era desesperador ver o tempo passando sem poder fazer nada pra sair dessa armadilha. E ainda sem qualquer notícia do Héctor ou dos amigos que sumiram.

– E aí você voltou pra São Paulo – diz Ernesto. – E me deixou lá.

– Eu não tinha outra opção. A única chance de conseguir emprego era voltar pra cá. Você estava matriculado numa escola perto da casa dos meus pais, bem ou mal tua vida continuava.

Eu não sabia quanto tempo ia levar pra me arranjar, não fazia sentido trazer você comigo.
– Foi uma época horrível pra mim. Acho que nunca fui tão infeliz.
– Eu sabia disso, Ernesto, mas não tinha outro jeito. Felizmente, depois de um par de semanas, eu consegui emprego em meio período numa escola maternal em Higienópolis. O que eu ganhava não dava ainda pra te trazer pra São Paulo, mas já era alguma coisa.
– Mas antes disso – interrompe Juliette –, você buscou notícias de Héctor, não?
– Sim. Eu sabia que era um risco, mas eu precisava de notícias dele.
– Eu nunca soube disso – diz Ernesto. – Aonde você foi?
– Na missa de domingo na igreja de Perdizes. Achei que conseguiria falar com um dos frades ou seminaristas após o culto.
– E conseguiu?
– Falei com o Augusto. Ele não tinha nenhuma notícia do Héctor depois da prisão. Quase seis meses tinham se passado, e nada. Ele achava que teu pai estava vivo, pois em caso de morte havia normalmente algum comunicado falso, tipo: "Prisioneiro X morreu atropelado ao tentar se evadir", coisas assim. Mas não se tinha notícia nenhuma do Héctor, para onde tinha sido levado, nada.

Fernanda respira fundo antes de continuar.

– Nesse domingo, quando eu saí da igreja e ia caminhando em direção ao ponto de ônibus da Cardoso de Almeida, dois sujeitos me cercaram. Me botaram no banco de trás de uma caminhonete, dizendo que precisavam me fazer algumas perguntas. Quando tomaram o caminho pro centro, eu sabia que estava indo pro Dops.

Suspira, controla a respiração.

– Era difícil não chorar, não mostrar fraqueza. Mas me lembro que, mesmo apavorada, alguma coisa no jeito deles – sem me

ameaçar, sem me agredir verbalmente – me dizia que eles não iam me prender. Que talvez eles quisessem só me assustar.
– E foi isso que aconteceu? – pergunta Ernesto.
Fernanda concorda com a cabeça:
– Me sentaram na frente de um sujeito asqueroso que ficou um par de horas me interrogando. "Que serviços eu fazia pros dominicanos?", "Quem eram meus contatos na ALN?", "Qual era minha ligação com os tupamaros?"... – ela encara Ernesto: – Uma hora ele acendeu um cigarro, soprou a fumaça no meu rosto e perguntou que tipo de mãe era eu que não me preocupava com a segurança do meu único filho.
Silêncio de alguns segundos. Fernanda continua.
– O tempo passava, e foi ficando claro que o objetivo deles era só pressão psicológica. Queriam que eu tivesse a certeza de que eles sabiam de mim, da minha ligação com o Héctor, com os dominicanos, que nós tínhamos um filho juntos... Disseram que, se eu fizesse besteira, o preço ia ser alto.
– Querendo dizer o quê? Que tipo de besteira? – pergunta Ernesto.
– Imagino que eles tivessem receio de algum tipo de denúncia. O Héctor tendo família no Uruguai, eles podem ter pensado que eu podia acionar a mídia fora do país. Nessa altura a imprensa estrangeira tinha acordado para as barbaridades dos militares. Da tortura criminosa contra presos políticos no Brasil. Dos assassinatos. Pressão internacional era uma das poucas coisas que o regime temia.
– Você tem razão. Além de manchar o regime, era ruim pros negócios, e os militares sabiam disso – diz Tomás.
– No final das contas, eles não encostaram a mão em você... – retoma Ernesto.
– Não. Fui fichada e liberada no fim do dia. Mas antes de sair da sala, aproveitei que o Héctor tinha sido mencionado e perguntei do paradeiro dele.

– Corajoso da sua parte – comenta Juliette.

– E o que ele respondeu? – pergunta Ernesto, fazendo um gesto para que Juliette não interrompa.

– Ele me olhou longamente – disse Fernanda –, sorriu e falou que não tinha a menor ideia. E que, se tivesse, não me diria. Jogou minha ficha numa pilha sobre a mesa e pediu pra um soldado me levar embora.

Após alguns segundos, ouve-se a voz de Juliette.

– Hoje nós sabemos para onde o Héctor fora levado. Está aí, nos cadernos do teu pai, Ernesto.

O CÔNSUL DA Dinamarca no Rio de Janeiro na década de 1930, respeitosamente chamado de Mester Olsen pela comunidade dinamarquesa, era um apaixonado pelo Brasil. Julgava o país um dos lugares mais belos e promissores do planeta e queria que sua família crescesse a seu lado naquela terra maravilhosa. Sua esposa, no entanto, discordava. Com o apoio do clã Olsen na Dinamarca, convenceram-no de que as duas filhas mais velhas deviam receber educação adequada em Copenhague, nas escolas tradicionais destinadas à elite do país. E lá se foram ambas para a terra natal.

Esses planos, no entanto, não contavam com as trapaças do coração. Pouco após retornarem à Dinamarca, as duas moças começaram a namorar dois irmãos, filhos de Albert Johan Cæcilius Boilesen, um pintor de paredes que morava modestamente com a esposa Ellen e seus seis filhos num apartamento apertado de um bairro operário de Copenhague. O romance de Edith, a mais nova das duas, evoluiu em pouco tempo para um relacionamento sério, e ela acabou sendo a primeira a casar. Dadas as limitadas qualificações acadêmicas de seu genro, o cônsul Olsen retomou seus planos iniciais e trouxe a filha de volta, agora acompanhada pelo marido, argumentando com a ala resistente do clã que as oportunidades do jovem casal seriam maiores no Brasil.

E assim Henning Albert Boilesen desembarcou no Rio de Janeiro em 1938. Se sua modesta formação em ciências contábeis não impressionava, sua presença física era marcante. Desde garoto, Henning se dedicara de forma obsessiva à cultura física e aos esportes, particularmente ao boxe e ao futebol. O menino, que se valia de sua força física para intimidar e maltratar colegas franzinos na escola, se tornara um homem alto, imponente, de cabelo louro penteado para trás e forte aperto de mão. Muitos achavam suas feições parecidas com as do ator norte-americano Kirk Douglas.

O primeiro passeio de Boilesen pelo Rio foi longe de alvissareiro. Levava quinhentos réis em cada bolso, e só no final da tarde se deu conta de que um deles estava vazio: um punguista lhe havia aliviado de metade de suas economias. O episódio bastou para que ele decidisse que a cidade não era para ele. Mudou-se em seguida com Edith para São Paulo.

Com rápido progresso em seu domínio do português, Henning não tardou em conseguir seu primeiro emprego como chefe de contabilidade da companhia de pneus Firestone; após uma breve passagem pelo ramo têxtil, conheceu aquele que seria seu mentor, o presidente do grupo Ultra, Pery Igel, figura emblemática do mundo empresarial brasileiro. A joia da coroa do conglomerado era a Ultragaz, maior fornecedora de gás engarrafado (GLP) do país e importante parceira da Petrobras. Dezenas de milhares de bujões eram entregues a cada dia pela empresa em todo o território nacional. Em 1952, quando Boilesen entrou na companhia, os negócios do grupo já incluíam a rede de lojas Ultralar, iniciando uma expansão que incluiria os setores petroquímico, de terminais marítimos, distribuição de combustíveis e indústria farmacêutica. Além do caráter empreendedor e da ousadia na condução dos negócios, Henning herdara de Igel a obsessiva repulsa ao comunismo, ideologia que ambos consideravam ruinosa e contrária às legítimas aspirações dos que prezam pelo empreendedorismo e pela liberdade.

A ascensão de Boilesen na Ultragaz foi meteórica. De assessor da presidência, passou por várias diretorias, pela controladoria geral, foi vice-presidente de operações e, em 1967, assumiu a presidência. Nessa altura, já era figura influente nas diretorias da Federação das Indústrias e da Associação Comercial do Estado de São Paulo; havia criado o Centro de Integração Empresa-Escola (Ciee), beneficiando centenas de jovens em início de carreira; em 1964, foi eleito Homem de Relações Públicas do Ano; era amante da música e do futebol brasileiros; torcedor fanático do Palmeiras, frequentava o Estádio do Pacaembu, onde fazia questão de sentar-se nos assentos populares em meio à torcida organizada do clube alviverde; circulava com facilidade entre políticos e autoridades, incluindo – em função de sua postura fanaticamente anticomunista – militares de diversas patentes; seus pares o definiam como um "dinamarquês de alma brasileira"; em 1967, recebeu da coroa dinamarquesa a Ordem de Dannenborg, comenda máxima concedida aos súditos do país.

Ao receber essa honraria, o filho de um humilde trabalhador da construção civil chegava ao ápice de seu reconhecimento pessoal e profissional. O rei Fredrik IX, ao lhe conceder a comenda, desconhecia, no entanto, as atividades a que o agraciado se dedicava de forma privada. Nada fazia supor que, convivendo com aquela mesma pessoa extrovertida e exuberante, oculto em território sombrio, havia outro Henning Boilesen.

***

No início de 1969, apesar de bem-sucedido em várias ações de repressão, o governo militar brasileiro foi pego de surpresa com a deserção do capitão Carlos Lamarca, que deixou o 4º Regimento de Infantaria de Quitaúna, em Osasco, com armas, munições e um pequeno grupo de colegas do destacamento. Oficiais alarmistas aproveitaram o impacto da notícia para criar um clima de perigo iminente, associando a defecção de Lamarca à participação de *outro ex-militar – o ex-sargento Onofre Pinto, então comandante da VPR – no assassinato do capitão norte-americano Charles Chandler, quando saía de sua casa no bairro paulistano de Sumaré, confundido pela guerrilha com um agente da CIA. Generais linha-dura usaram os dois eventos como pretexto para tentar convencer o alto comando de que o episódio era o prenúncio de uma sedição generalizada nos quartéis do país. Um documento enviado ao presidente Costa e Silva alertava para o perigo de "eclosão de guerrilhas urbanas e rurais; atuação mais violenta em atos de terrorismo; e criação de bases e zonas liberadas".*

Naquele momento, as ações de guerrilha urbana ganhavam intensidade. O sistema financeiro nacional, em particular, estava em pânico. Centenas de agências bancárias foram assaltadas em menos de um ano (ironicamente, Lamarca havia sido instrutor de tiro de funcionários do Bradesco). As ações de "expropriação" não se limitavam a agências bancárias: a mais lucrativa delas foi o roubo do cofre de uma ex-amante do governador paulista Adhemar de Barros, que continha mais de 2,5 milhões de dólares. Havia a sensação de que os movimentos subversivos se capitalizavam para promover atos cada vez mais frequentes e ousados. Grupos empresariais passaram a sustentar abertamente a legitimidade do uso de quaisquer meios disponíveis para que o Brasil não testemunhasse a vitória "da república socialista idealizada por Jango". Reeditava-se assim a aliança civil-militar que sustentara o golpe de 1964.

Os partidários de mudanças na estratégia de repressão argumentavam que as Forças Armadas não tinham treinamento ou a experiência necessária a ações de repressão à guerrilha urbana. Reivindicavam a criação de unidades que, sob o comando do Exército, incorporassem elementos das polícias civil e militar em cada estado, afeitos ao combate da criminalidade nas entranhas urbanas do país.

A atuação de pessoal do Exército junto a delegados e investigadores era uma aberração inédita na organização militar. Oficiais receavam a exposição de soldados e recrutas às atrocidades cometidas por policiais envolvidos no combate ao banditismo e ao tráfico de drogas, cujo dia a dia incluía tortura e execuções sumárias. Mas o receio de que o combate à subversão escapasse ao controle falou mais alto e teve como resultado a criação, em 1º de julho de 1969, da Operação Bandeirante (Oban), posteriormente rebatizada de Destacamento de Operações de Informação – Centro de Operações de Defesa Interna (DOI-Codi), que serviria de modelo para centros semelhantes em outros estados. A cidade de São Paulo foi escolhida para sediar a primeira unidade, por concentrar a maior parte dos assaltos a bancos, por ser o epicentro das greves que começavam a engajar o operariado industrial e pela necessidade de demonstrar força em contraposição à presença forte da igreja. Sob o comando de um oficial ligado à seção de informações da chefia militar, o destacamento consistia oficialmente de um cartório para tomada de depoimentos com carceragem própria, para onde deviam ser enviados todos os suspeitos de atividades terroristas, capturados por delegacias, incluindo o Dops. Na prática, a Oban se tornou o mais cruel e sanguinário órgão de repressão da ditadura. Os sádicos asseclas de Fleury, ao transportar presos ao local, avisavam que se preparassem, pois estavam a caminho da "filial do inferno".

O governador de São Paulo, Abreu Sodré, cedeu o espaço nos fundos de um distrito policial na esquina das ruas Tutoia e Tomás Carvalhal, endereço que ficava a poucos minutos do QG do Exército do Ibirapuera. O prefeito Paulo Maluf asfaltou a área, providenciou a rede elétrica e a instalação de lâmpadas de mercúrio. Restava um detalhe a ser resolvido: a fonte de recursos para operação de um órgão híbrido, alheio ao organograma militar, sem provisão financeira no orçamento do Exército.

A solução foi recorrer ao empresariado. No segundo semestre de 1969, representantes dos grandes bancos e de poderosos grupos industriais e comerciais foram convocados por Gastão Vidigal, dono do Banco Mercantil de São Paulo, para uma reunião na mansão de dona Veridiana Prado, no bairro de Higienópolis. A exposição da necessidade de participação da iniciativa privada no combate à subversão ficou a cargo do ministro Delfim Netto. As Forças Armadas não tinham, segundo ele, equipamentos ou verba suficientes para proteger a sociedade brasileira (e o patrimônio dos presentes) de uma sublevação comunista.

O susto surtiu efeito. Passou-se o quepe: a contribuição mensal mínima foi fixada em cerca de 100 mil dólares; a pedido das multinacionais do setor automobilístico, decidiu-se que as empresas com sede no exterior teriam prazo de uma semana para consultar suas respectivas matrizes e confirmar o valor de sua participação; que as futuras reuniões sobre o assunto ocorreriam na sede da Federação das Indústrias; e que um "tesoureiro" da confiança do grupo seria indicado para recolher as contribuições, servir de ponte com o comando militar e garantir que o valor arrecadado seria integralmente destinado à finalidade prevista.

Nesse momento, os olhares ao redor da mesa se voltaram para o dinamarquês de porte atlético e pinta de ator hollywoodiano.

00h12
Fernanda, Ernesto, Tomás e Juliette

ERNESTO ERGUE O olhar das folhas. Percorre os três pares de olhos à sua frente e pergunta:
— Eu estou entendendo certo? Empresas pagavam a polícia e os militares para torturar e matar?
Após um breve silêncio, é Juliette quem fala.
— *Eh, oui*, Ernesto. Foi o mais... — busca a palavra em português — *hediondo* aparato da repressão a serviço da ditadura brasileira.
— Como é que eu nunca ouvi falar disso?
Fernanda esconde o rosto entre as mãos. Tomás tira um lenço do bolso da calça e dá a ela.
— E foi para essa... "filial do inferno" — continua Ernesto — que meu pai foi levado?
— Sim — responde Juliette. — Ele foi preso no Araguaia em janeiro de 1972, ficou alguns meses no Dops e no meio do ano foi levado para a Oban, que nessa altura tinha sido rebatizada de DOI-Codi.
— E o idiota aqui achando que nessa altura ele já tinha conseguido fugir do país — folheia as páginas em seu colo. — O suplício que ele deve ter passado lá, eu...
— Ernesto — interrompe Tomás —, eu... não sei se é uma boa ideia você entrar nos detalhes do que se passou com ele na prisão.

Não há nada a ganhar com isso. Acho que a tua mãe concorda...
– olha em direção a Fernanda, pedindo apoio.
– Talvez – diz Fernanda, reagindo e erguendo a cabeça – o Tomás tenha razão, Ernesto.
– É pro teu próprio bem – continua Tomás. – Isso só vai te machucar e... você não precisa disso.
– Desculpe, Tomás, mas nesse assunto, eu...
– Eu entendo que você queira saber o que se passou com o teu pai, mas não faz sentido você se martirizar com...
– Não faz sentido? Claro que faz sentido! O que não faz sentido é eu ter sido enganado todos esses anos sobre o que realmente aconteceu com ele.
– Não basta saber que ele conseguiu sair vivo de lá? E o que aconteceu com ele depois?
– Não – corta Ernesto. – Desculpe, Tomás, mas não basta. O que não for respondido aqui, hoje, são questões que eu vou ficar remoendo pro resto da vida. Tenho certeza disso. Eu faço questão de saber tudo o que aconteceu com ele.
Fernanda e Tomás trocam olhares, reconhecendo que não vão demovê-lo. Ernesto localiza a página no caderno e segue em voz alta:

Logo na entrada me espancam a pontapés e golpes com uma mangueira de borracha, enquanto me deixam nu. A paralisia do medo faz com que eu mal me dê conta de que estou amarrado numa cadeira e que há fios enrolados nos meus dedos. Uma descarga elétrica penetra pelo braço e se espalha pelo meu corpo, como uma lâmina que me dilacera de dentro para fora.
A descarga joga meu corpo para o alto, tremendo e gritando. Tenho dificuldade em entender as perguntas que me fazem. Sei que preciso falar alguma coisa. Da minha boca, sem que eu saiba por quê, saem palavras em portunhol: "Num quero reboltijo moço, num posso inticar o que num sei, moço...".

Pensam que estou zombando deles, me penduram no pau de arara e colocam uma folha de jornal embaixo de mim. Me enfiam os fios elétricos no ânus e vão aumentando a corrente. Sabem que nessa posição, e com esses choques, o torturado defeca. Depois é derrubado e esfregado em suas próprias fezes, e chega ao mais baixo grau de humilhação. Muitos não passam desse ponto. Não tenho vergonha de dizer que eu teria dito tudo o que eles quisessem saber – se soubesse. Me mostram um organograma, querem que eu preencha nomes e cargos. Não acreditam que eu não sei, que nunca fiz parte de nenhuma organização. "Quem é o teu contato nos tupamaros?", "Quem manda nos dominicanos depois do Marighella?", "Quem atravessa os padres pro Uruguai e pro Paraguai?", perguntam mil vezes. E meu suplício continua.

Um dia acordo com um policial que percorre as celas com seus dois filhos pequenos, dizendo com orgulho: "É aqui que o papai trabalha".

Percebi que, maior que a chance do meu corpo sucumbir, era o risco de eu perder para sempre a fé na humanidade.

Ernesto interrompe a leitura. Está visivelmente abalado. Encara Fernanda tentando controlar o tom de voz.

– Vocês não viram, mãe, que as aventuras idiotas de vocês iam dar nisso?

– Aventuras?

– Peitar os milicos, bater no peito se dizendo "do lado certo da história"... – vê que Fernanda o encara, atônita, mas continua.

– Sentir aquele quentinho gostoso na barriga enquanto posavam de "heróis da resistência"...

– Nós nunca fizem...

Ernesto eleva o tom de voz.

– ... Se meter em protestos e passeatas ridículas, que nunca iam levar a nada! Não viram, na santa ingenuidade de vocês, que as coisas iam acabar assim? *OLHA O QUE ESSES FILHOS DA PUTA FIZERAM COM O MEU PAI!!!*

Silêncio geral. Ernesto continua.

– Esse lindo discurso de vocês... Esse mundo de fantasia, paraíso de justiça social, que só existe em cabecinhas pequenas como as de vocês, destruiu a nossa família. E *ASSASSINOU MEU PAI*!

Após alguns segundos, é Juliette quem quebra o silêncio:

– Esse idealismo pode não existir para você, Ernesto. Mas para muita gente foi – e ainda é – a única razão de viver.

– E *DE MORRER*! – grita Ernesto. – *ESTUPIDAMENTE!* Que nem cachorro!

Ernesto tenta se controlar antes de continuar:

– Acabaram com ele. Arrebentaram com ele... humilharam... trataram o pobre coitado como se fosse...

Olha para as páginas em suas mãos antes de continuar.

– Héctor Méndez. Uma alma nobre, cheia de boas intenções. Como é que alguém pode *não* se orgulhar de ter tido um pai assim?

– Ele certamente gostaria que você se orgulhasse dele – diz Juliette.

– Pois eu me orgulharia mesmo é de um pai que, em vez de se meter a salvar a humanidade, tivesse se preocupado um pouco comigo.

Fernanda finalmente intervém:

– Como é que você tem coragem de falar assim d...

– Fui *eu* quem passou a infância sem pai. Por conta dessa... loucura irresponsável em que vocês dois se meteram!

– Irresponsável! É isso o que você acha de mim e – pior – do teu pai também! Dois porras-loucas irresponsáveis, não é? Por isso essa tua obsessão com o "*business*", com fazer parte do "mundo dos negócios"... Tudo o que você quer é ser o oposto do que eu e o teu pai fomos.

– Eu tenho o direito de levar minha vida do jeito que eu quero. Ou você vai me negar esse direito também?

– Será que nada do que se ouviu aqui esta noite entrou na tua cabeça, Ernesto? Olha pros teus objetivos de vida. Olha pro *nada* que você faz pra mudar o que está aí fora.

– E quem te disse que eu quero mudar o que está aí fora? Que procuração divina você acha que tem pra impor a tudo e a todos essa "missão" de mudar o mundo? Vocês, dessa esquerda iluminada, sempre se acharam – e ainda se acham – os donos da verdade. Vocês não enxergam. Não aprenderam nada.
– Perto do Héctor, Ernesto, *você* é que não é nada! É uma enorme injustiça que você tenha o sangue de alguém como o teu pai!
– Injustiça? Quem é você pra falar de injustiça? Injustiça é você me largar com uma família estranha num fim de mundo qualquer! Que espécie de mãe era você?!
– Você não entende que eu fui obrigada a...
– Eu entendo muito bem o que *eu* passei! Sem mãe nem pai! Abandonado numa cidade de merda com dez anos de idade!

Fernanda vai responder, mas é contida por Tomás. Os segundos passam, os ânimos parecem serenar.

Ernesto pergunta a Juliette:
– Quanto tempo ele ficou preso no DOI-Codi?
– Quase um ano. De meados de 72 – não sabemos a data exata em que ele foi transferido do Dops – até julho de 73. Eram centenas de presos como ele em todo o país. Nessa altura, a estrutura dos DOI-Codis já estava sendo replicada em vários estados.
– Os que conseguiram escapar tiveram muita sorte – diz Tomás, atraindo a atenção para si. – Em 72, quando o Héctor foi preso e eu ainda morava em Santiago, alguém da embaixada me disse que naquela altura eram mais de 2.500 os exilados brasileiros no Chile. Talvez 3 mil, ele achava.
– França, Argélia e Cuba também receberam muita gente – diz Juliette. – Mas não tantos quanto o Chile, *monsieur* tem razão.
– Em Santiago – continua Tomás –, os exilados diziam, com certa dose de humor macabro, que a melhor chance que um preso político tinha para escapar de uma prisão brasileira era ter o nome incluído numa troca de prisioneiros por algum embaixador sequestrado.

O POETA PABLO Neruda era um dos pré-candidatos à presidência do Chile em 1969, antes de abrir mão de sua candidatura em favor de Salvador Allende, nome indicado pela frente de esquerda que venceria as eleições no ano seguinte.

Certo dia, ainda em campanha, Neruda falava para cerca de duzentas pessoas, num comício em um bairro pobre nos arredores de Santiago. Os ouvintes, que em sua maioria não tinham tido acesso à escola, passavam frio com os pés encharcados na lama em frente ao palanque. Após terminar a ladainha previsível e repetitiva desses pronunciamentos, Neruda se preparava para descer os degraus rústicos da tribuna improvisada quando foi impedido pela plateia que gritava:

– Poemas! Poemas! Queremos poemas!

Neruda não se fez de rogado. Tirou do bolso um de seus livros e declamou, por boa parte de uma hora, poesias para aquela gente que não frequentara os bancos escolares, mas conhecia bem a experiência de se emocionar com as palavras.

Poesia era uma das muitas coisas que faltariam ao Chile no ano seguinte, a partir do início do governo Allende. Logo após a posse, Tomás e o seleto grupo de dirigentes de empresas norte-americanas estabelecidas no Chile foram imediatamente convocados à Câmara de Comércio, onde foram informados pelo próprio embaixador Edward Korry que a ordem de Nixon, de "fazer a economia gritar", seria seguida à risca. Os presentes foram aconselhados a tomar providências para ajustar as operações de suas respectivas empresas num cenário de corte de fornecimento de insumos vindos dos Estados Unidos. "Não permitiremos que nenhuma porca ou parafuso americano chegue ao Chile de Allende", disse Korry.

Foram avisados também que a infraestrutura de transportes do país caminharia para um gradual colapso, com a interrupção da entrada de peças de reposição de caminhões, tratores, ônibus e táxis. A intenção dos Estados Unidos era pressionar outros governos latino-americanos e demais países com quem o Chile mantinha intercâmbio comercial para que um torniquete econômico fosse progressivamente sufocando os órgãos vitais da nação, privando-a dos meios necessários para sobreviver. Em outra frente, os norte-americanos agiam abertamente para deprimir o preço internacional do cobre, ferindo de morte a balança externa de pagamentos do país.

Como resultado dessas medidas, Tomás revisou drasticamente o cronograma de fornecimento de cabos elétricos e produtos trefilados da United Energy à indústria e ao governo chilenos; o departamento jurídico foi acionado para rever e renegociar as obrigações da empresa no cumprimento de contratos de instalação de linhas de energia assinados em governos anteriores; secretamente, a companhia iniciou a preparação de planos de contingência caso o governo Allende retaliasse com medidas que ameaçassem a empresa de nacionalização total ou parcial.

Ao longo do ano de 1972, o estrangulamento da economia chilena foi aplicado de forma implacável. Ao corte de insumos orquestrado por Washington, somava-se a atuação nas sombras do Patria y Libertad, organização de extrema direita com a qual a CIA havia contado na tentativa de impedir a eleição de Allende. Um dos líderes dessa milícia neofascista era León Villarín, presidente da Confederación Nacional del Transporte, que liderou uma greve de *proprietários de caminhões, inviabilizando o plantio da safra agrícola 1972-1973 no país. O desabastecimento de gêneros de primeira necessidade se alastrava por todo o Chile.*

O descalabro econômico atingiu em cheio o governo da Unidade Popular. A taxa de inflação cresceu vinte vezes entre 1971 e 1973, enquanto o PIB do país despencava em terreno negativo no mesmo período. A desordem social e o aumento da criminalidade, resultados diretos do esgarçamento da economia, não demoraram a alvoroçar setores das Forças Armadas, de ideologia mais radicalmente à direita, que se uniram às milícias de cunho neofascista.

Em abril de 1972, Tomás concluiu o processo de redução operacional da United Energy. O board da empresa decidiu que o comando da filial chilena devia ficar nas mãos de um "gabinete de crise", afeito a situações semelhantes que a empresa enfrentara em outras partes do mundo. Tomás fez as malas para retornar a São Paulo, onde assumiria inicialmente a direção de assuntos institucionais, à espera do desenrolar dos acontecimentos.

Um de seus últimos telefonemas antes de partir foi para uma personagem com quem tinha mantido canais abertos: o coronel Peña, que mantinha sua posição no Exército sem romper as ligações subterrâneas com o Patria y Libertad.

1h22
Fernanda, Ernesto, Tomás e Juliette

– **EU ME LEMBRO** – diz Fernanda – quando nós aqui ainda acreditávamos que o governo Allende ia dar certo. Era uma das poucas luzes de esperança em meio a toda a insegurança e o medo que sentíamos todos os dias.
– Não tinha como dar certo – comenta Tomás. – O Allende foi eleito por algo como um terço dos votos. Era impossível virar a economia de um país de cabeça pra baixo, como ele queria fazer, sem o apoio maciço da população.
– E ainda mais enfrentando as forças poderosas que ele enfrentou – completa Juliette –, especialmente dos Estados Unidos.
– A pressão americana foi implacável – diz Tomás. – Difícil imaginar como qualquer governo sob ataque em tantas frentes pudesse reagir.
– Foi mais que um ataque implacável, *monsieur*: foi covarde. E imoral, vindo de um país que se coloca cinicamente no papel de *"phare de la démocratie"*... – Juliette imita ironicamente a pose da Estátua da Liberdade, com a tocha na mão – ... de "farol da democracia". O fato de que o governo Allende tinha sido democraticamente eleito não tinha a menor importância para Nixon, Kissinger e seus capangas.
– Não gaste saliva me dizendo do que os americanos são capazes. Convivo com eles há mais de trinta anos.

– No fim de 71, quando o Héctor já estava na clandestinidade – intervém Fernanda –, eu lembro quando os jornais noticiaram que o Pablo Neruda tinha ganhado o Nobel de Literatura.

– Foi algo lindo, realmente – diz Juliette. – Ele era um herói nacional. O orgulho do povo chileno foi às alturas. O Allende fez com que ele lesse poesia para mais de 70 mil pessoas no Estádio Nacional de Santiago.

– Meu pai me ligou de Teófilo Otoni. Não cabia em si. Seu poeta do coração tinha ganhado o Prêmio Nobel de Literatura! Pediu que eu largasse tudo e me leu, durante uns quinze minutos, algumas de suas poesias pelo telefone – puxa pela memória e declama: – "*Puedo escribir los versos más tristes esta noche. Yo la quise, y a veces ella también me quiso.*" – As palavras pairam no ar por alguns segundos.

– Pensar que tanta poesia acabaria em tanta dor... – completa Fernanda.

– Você viveu isso de perto, não, Tomás? – diz Ernesto. – Essa euforia no Chile que ia desembocar em tragédia.

– Sim. No início de 72 qualquer pessoa com um mínimo de senso de realidade já sentia que a coisa ia acabar mal. As companhias internacionais se mexiam para proteger seus funcionários. A questão não era mais *se* devíamos sair, mas *quando* sair. A UE foi das mais precavidas. Me tirou de lá em abril, quase um ano e meio antes do golpe.

Ernesto volta-se para Juliette:

– Nessa altura meu pai já estava preso.

– Sim, desde janeiro – esclarece ela. – Ficou no Dops até o meio do ano, depois foi levado para o DOI-Codi.

– Ele deve ter trocado de carceragem mais ou menos na mesma época que eu troquei a escolinha de Higienópolis por um trabalho melhor... – diz Fernanda, voltando-se para Ernesto – ... e te trouxe de volta de Minas pra morar comigo.

– Que trabalho foi esse? – pergunta Juliette. – Esse é um detalhe que eu nunca soube.

– Uma pequena editora de livros infantis que tinha acabado de abrir. Os donos eram ex-colegas da USP, que souberam que eu estava passando aperto. Queriam que eu cuidasse do editorial enquanto eles tocavam a parte comercial. Foi a primeira coisa boa que aconteceu comigo em muito tempo.

– Eu nunca fiquei tão feliz com uma notícia como a desse teu emprego – diz Ernesto. – Foi meu alvará de soltura. Teófilo Otoni era como uma prisão pra mim.

– O dinheiro que eu ganhava na editora era curto – continua Fernanda –, mal dava pra alugar uma quitinete e pagar as contas, mas foi uma libertação pra nós. Era importante também porque meu pai estava numa situação financeira muito difícil, com muitas dívidas, precisava vender o sobrado da Frederico Abranches. Adiou o quanto pôde, até que eu finalmente consegui alugar um cantinho na Sumaré – continua, dirigindo-se a Juliette. – Era uma situação apertada, mas tínhamos a sensação de estar, de alguma forma, retomando o controle das nossas vidas.

– Vocês publicavam o quê? – pergunta a francesa.

– Autores infantis pouco conhecidos, folclore brasileiro, mitos e lendas indígenas, coisas assim.

– Parece uma atividade, como se diz?... Gratificante.

– E era mesmo. Nossa campeã de vendas era uma coleção de fascículos com aventuras de uma turma de amiguinhos que viajavam pelos países da América do Sul.

– Essa coleção, eu tenho até hoje – diz Ernesto.

– Tudo era muito bem-feito, dentro do orçamento apertado que nós tínhamos. Até que – Fernanda lança um olhar a Tomás –, num golpe de sorte, conseguimos um patrocinador.

Juliette nota a troca de olhares:

– Ah! Outro detalhe que eu também não sabia. Como foi isso?

– Não sei que interesse isso possa ter – diz Tomás.

– Conta, Tomás – diz Ernesto. – Eu também quero refrescar minha memória dessa história. Como foi mesmo?

Tomás toma um gole de uísque antes de responder.

– O que aconteceu foi que quando eu voltei pra São Paulo, a companhia me colocou em compasso de espera, esperando o desfecho dos acontecimentos no Chile pra decidir se eu voltava pra lá ou se assumia o comando da operação aqui no Brasil. Me enfiaram numa diretoria meio, digamos, decorativa: assuntos institucionais. Eu resolvi então fazer um levantamento para identificar projetos sociais e culturais para serem patrocinados pela companhia. A ideia era associar nossa marca com cultura e educação, apoiando bibliotecas comunitárias, orquestras jovens, corpos de dança, pequenas editoras, coisas assim...

– E descobriu a editora da dona Fernanda.

– Exato.

– Indicação de alguém? – pergunta Juliette.

– Não. Uma secretária minha viu uma nota de jornal, ou talvez uma resenha num caderno cultural, não me lembro bem. Falava sobre a tal coleção de aventuras de crianças pela América do Sul. Como a companhia está presente em vários países da região, aquilo me chamou a atenção.

– Um dia ele me aparece do nada – intervém Fernanda –, aquele executivo todo engomado, parecendo um extraterrestre naquele nosso sobrado modesto, desarrumado, transbordando de papéis. Disse que trabalhava numa empresa de grande porte que estava buscando projetos pra patrocinar. Queria saber detalhes da nossa coleção de fascículos.

– Um belo projeto para sua empresa patrocinar, e uma linda chefe editorial para lhe atender... – diz Juliette, esboçando um sorriso. – *Un vrai coup de chance!*, como nós dizemos.

Tomás não se dá ao trabalho de responder. Sorri discretamente para Fernanda.

– E quando foi que *monsieur* se deu conta da situação que eles estavam vivendo?

– Que situação? Financeira?

– Situação familiar: Héctor preso, o medo de estarem sendo monitorados pela polícia...
– A Fernanda não me disse nada sobre isso até muito tempo depois. Foram vários meses até ela se abrir comigo e contar o que eles tinham passado.
– E continuavam passando – completa Juliette.
– Conviver com o medo – diz Fernanda – era parte do nosso dia a dia. Nós evitávamos falar disso, para não cairmos na paranoia.
– E você, Ernesto? Como foi se acostumar com a ideia de ter outro homem na vida da sua mãe?

Ernesto espeta os olhos em Tomás:
– Odiei esse sujeitinho engravatado desde que botei os olhos nele pela primeira vez. Eu teria odiado qualquer um com pinta de querer tomar o lugar do meu pai.

Juliette reflete um pouco antes de se voltar novamente para Fernanda.
– Então, pelo que estou entendendo, quando você e Tomás se conheceram, você ainda não sabia com certeza onde o Héctor estava preso.
– Não, não sabia. Nessa época eu não falava com ex-colegas nem com amigos que tinham participado de alguma organização. Tinha perdido contato com praticamente todo mundo do Centro Acadêmico da faculdade. Os que podiam ter alguma informação, companheiros ou dominicanos, estavam recolhidos, ou tinham fugido, ou estavam presos.
– Entendo.
– A verdade é que eu tinha medo de ir atrás de informações. Naquela única vez em que eu fui ao convento tentar saber alguma coisa, acabei no Dops.

Fernanda suspira antes de continuar.
– Ninguém se atrevia a perguntar nada. O medo de incriminar alguém – ou pior, de ser preso – era geral.
– E quando foi que você soube, finalmente, onde ele estava?

– Um pouco antes do Natal, eu recebi na editora um cartão de boas-festas do Convento São Domingos. Dentro, tinha um bilhete do Augusto. Os dominicanos tinham informações seguras de que ele estava preso no DOI-Codi, aqui mesmo em São Paulo. Foi só aí que eu me dei conta do que o Héctor devia estar passando.

ENTRE OS GERENTES, diretores e funcionários que conviviam com Henning Boilesen na Ultragaz, entre os empresários e as autoridades que interagiam com ele em eventos em audiências públicas, ou mesmo entre seus familiares e servidores domésticos, não houve quem detectasse qualquer alteração marcante em seu padrão de comportamento a partir do momento em que o dinamarquês assumiu a função de "tesoureiro" da Oban.

Nas reuniões de associações de classe e em eventos empresariais, a figura fisicamente imponente do "boxeur" Boilesen fazia questão, como sempre fizera, de explicitar em alto e bom som sua convicção radicalmente – alguns diriam fanaticamente – anticomunista. À menor oportunidade, e para todos os públicos, expunha sua convicção de que era obrigação dos segmentos esclarecidos e das forças propulsoras do país usarem todas e quaisquer armas à sua disposição no combate à ideologia vermelha. Nenhuma linha de ação devia ser descartada na erradicação da ameaça anticapitalista que pairava sobre a nação que adotara – e que amava mais que a própria terra natal.

Os que acompanhavam mais de perto sua rotina, no entanto, notaram que novas personagens passaram a fazer parte do seu dia a dia, de forma nem sempre explícita. Um deles era o capitão Benone de Arruda Albernaz, a quem Boilesen dava carona *a caminho de suas visitas regulares à sede da Oban. Albernaz se tornaria um dos cinco torturadores mais citados nos depoimentos de sobreviventes colhidos após o fim da ditadura. Fora um dos responsáveis pela execução de "Jonas", comandante militar na ação de sequestro do embaixador norte-americano. Na Oban, a crueldade de Albernaz rivalizava com a violência de Sérgio Paranhos Fleury e de outro sádico contumaz, o coronel Carlos Alberto Brilhante Ustra ("Doutor Tibiriçá"), chefe da unidade por mais de três anos. De Ustra, dizia-se que trazia crianças à carceragem da rua Tutoia para testemunharem sessões de tortura dos pais. Foi reconhecido por diversas vítimas como um dos mais prolíficos e sádicos torturadores dos anos de chumbo.*

Os elementos que revelaram a profundidade do envolvimento de Boilesen com os porões da repressão começaram a tomar forma a partir de observações de militantes, dentro e fora das prisões. Do lado de fora, guerrilheiros começaram a estranhar a frequência com que furgões e caminhonetas com o logotipo da Ultragaz eram vistos nas imediações de locais de operações da polícia contra a guerrilha; militantes reportavam terem visto policiais de tocaia disfarçados com uniformes da empresa. Começou a se formar, entre os militantes, a convicção de que a frota da Ultragaz era usada no apoio logístico às ações da repressão (houve suspeitas também em relação ao jornal Folha de S.Paulo, *cujos veículos de reportagem eram sempre os primeiros a chegar aos locais onde haviam ocorrido ações policiais, aparentemente informados com antecedência; o jornal chegou a publicar equivocadamente a notícia da morte de um militante encarcerado cuja detenção não havia sido oficialmente divulgada, e que na data da publicação ainda se encontrava vivo na prisão).*

Do lado de dentro da carceragem, chegavam relatos de que um sujeito alto, nariz meio torto, pele e cabelos claros tornara-se figura habitual nas dependências da Oban; demonstrava intimidade com oficiais e policiais da unidade, incluindo Albernaz, Fleury e

Ustra; militantes torturados diziam que ele não raro observava à distância as sessões de tortura, sinalizando ocasionalmente aos torturadores – que interrompiam então as sevícias aos torturados para ouvir suas "sugestões"; contavam também terem ouvido o nome da Ultragaz sendo mencionado em conexão com um aparato de tortura supostamente importado dos Estados Unidos e que teria sido "aperfeiçoado" no setor de ferramentaria e manutenção da empresa: seria a "pianola Boilesen", que controlava a intensidade dos choques elétricos por meio de um teclado. O cruzamento das informações sobre a suposta colaboração da empresa e a presença constante do gringo com nariz de boxeador era conclusivo: a peça com o nome de Henning Albert Boilesen se encaixava perfeitamente no quebra-cabeça do financiamento empresarial à barbárie que se praticava nos porões daquele endereço na rua Tutoia. Seu nome passou a figurar numa lista que continha também Pery Igel, seu mentor na Ultragaz, e Sebastião Camargo, dono da construtora Camargo Corrêa, a maior empreiteira de obras públicas do país.

Eram poucos os que conheciam esse lado sombrio do dinamarquês, exemplo extremo da escuridão que ronda, de forma muitas vezes insuspeita, a psique humana. Em Boilesen, conviviam a figura aberta, afável e exuberante que exibia em público, e outra, capaz de doses descomunais de crueldade e sadismo. Examinados à luz de revelações futuras, havia episódios na sua juventude em Copenhague que indicavam um prazer precoce em infligir dor e sofrimento. Eram traços que haviam sido apenas esboçados antes da idade adulta. Sua vinda ao Brasil e ascensão pessoal em meio à cruzada fanatizada contra o comunismo liberaram seus instintos mais sinistros; sua sede de causar sofrimento e dor veio à tona autorizada pela carta branca que a associação entre o empresariado e a ditadura militar lhe ofereceu, como um presente macabro.

***

O nome de Boilesen circulava na guerrilha como possível alvo desde o início de 1971, mas cresceu de importância quando, no dia 5 de abril, o guerrilheiro Devanir José de Carvalho, do Movimento Revolucionário Tiradentes (MRT), foi preso pela equipe de Fleury. Devanir era um calejado comandante militar, egresso do PCdoB, que tinha participado com a VPR do sequestro do cônsul japonês em São Paulo no ano anterior (o cônsul fora libertado em troca de cinco presos políticos que se refugiaram no México). Militantes da ALN e do MRT conceberam um plano que envolvia sequestrar Boilesen e trocá-lo por Devanir, mas a ferocidade da repressão foi mais rápida: logo após sua prisão, Devanir foi transferido do Dops para a Oban, onde foi torturado até a morte por Fleury. Os planos em relação a Boilesen foram assim alterados: devido ao seu envolvimento direto e presencial na Oban, um tribunal revolucionário condenou-o à morte. As duas organizações começaram então a fazer um levantamento detalhado de sua rotina.

Em 1971, Boilesen vivia com Cândida, sua segunda mulher, numa ampla casa no bairro paulistano do Morumbi. Fazia questão de visitar regularmente e prover suporte financeiro à primeira esposa (Edith Olsen, de quem nunca se separara legalmente), que morava num casarão da rua Estados Unidos, nos Jardins, com o filho do casal que apresentava deficiência visual. Sempre que estava em São Paulo, a rotina de Boilesen incluía uma visita matutina a esse filho. Em seguida, percorria a rua Estados Unidos por uma centena de metros antes de dobrar à direita na rua Peixoto Gomide, que o levava em direção à Avenida Paulista, centro empresarial da cidade.

Na manhã de quinta-feira, 21 de abril, dois Volkswagen com um total de cinco homens aguardavam por Boilesen nas imediações da casa nos Jardins. Não demorou para que percebessem que havia falhas no planejamento da ação. Os guerrilheiros não haviam levado em conta que, às quintas-feiras, havia uma feira livre na rua Barão de Capanema, primeira via paralela à Estados Unidos. As barracas cruzavam a rua Peixoto Gomide, interrompendo a passagem e impossibilitando que Boilesen subisse por essa rua, como de hábito. Não contavam também com o fato de que, nesse dia, o executivo se atrasara e apenas acenara do carro para o filho, sem entrar na casa da família, acelerando assim a cronologia prevista para o desenrolar da ação. Quando viram que o carro de Boilesen, bem antes do esperado, deixava o casarão e contornava a feira através da estreita rua Professor Azevedo Amaral, o grupo viu-se diante de duas alternativas: abortar a operação ou realizar o ataque de forma improvisada, assumindo os riscos decorrentes dessa escolha. Em poucos segundos, o líder da ação tomou a decisão de ir em frente, e os carros da guerrilha partiram em perseguição a Boilesen.

Ao percorrer o último quarteirão da rua Barão de Capanema e parar na esquina da alameda Casa Branca (a mesma onde Marighella fora executado cerca de um ano e meio antes), o Ford Galaxy do dinamarquês é alcançado e cercado pelos dois fuscas; saraivadas de balas perfuram a carroceria e atingem Boilesen de raspão; ele abre a porta do motorista e tenta correr em direção à feira livre, mas é alvejado e alcançado por um militante de boina azul, que o golpeia com o cabo de uma metralhadora, derrubando-o; múltiplas saraivadas de balas atingem seu peito e seu rosto; o guerrilheiro Carlos Eugênio Paz ("Clemente"), líder da "ação de justiçamento", posta-se sobre o corpo caído e cumpre a função atribuída ao chefe de cada operação: executar o "tiro da certeza".

O corpo ensanguentado de Henning Albert Boilesen rola em direção à calçada. Seu sangue se mistura à água suja que corre pelo meio-fio, vinda da feira.

O "tesoureiro" da Oban estava morto.

2h44
Fernanda, Ernesto, Tomás e Juliette

— QUER DIZER QUE na Oban não apenas se torturava – diz Ernesto a Juliette –: se matava também. E muito.
— Sim – confirma ela. – Levantamentos de organizações de direitos humanos dizem que mais de quarenta presos foram assassinados na Oban e que outros quinhentos foram torturados naquele... – busca a palavra – *antro* de morte, montado bem no meio de um bairro residencial da cidade. Não houve preocupação de instalar aquele aparato sinistro num local afastado. As tentativas precárias de abafar o som do que se passava ali não evitavam que os gritos dos torturados fossem ouvidos nos apartamentos das redondezas.
— A trilha sonora da morte...
Fernanda cobre o rosto com as mãos. Juliette continua:
— Havia uma figura repugnante, um certo doutor Coutinho, que monitorava as sessões de tortura e, supostamente, alertava os torturadores quando a resistência do preso estava no limite e havia risco de morte. Claro que, muitas vezes, o aviso vinha tarde demais. Na maioria das vezes, os torturadores pouco se importavam.
— E como o meu pai conseguiu escapar?
Fernanda e Tomás trocam olhares. Ernesto percebe:
— O quê, agora? Fala, mãe.

Ela segue buscando o olhar de Tomás. Ernesto insiste:
– Tem outros pedaços dessa história que vocês não me contaram, é isso?
– Outra vez, Ernesto – diz Tomás, tentando contemporizar –, foi uma opção da tua mãe te poupar desses detalhes. Você já tinha sofrido bastante...
– Porra, Tomás! – explode Ernesto. – Será que você ainda não entendeu? Eu faço questão de saber de tudo! Não vou sair desta sala hoje sem saber *tudo* o que aconteceu com meu pai!
– Não use esse tom de voz com o Tomás – reage Fernanda –, que sem ele teu pai não teria vivido para escrever esses cadernos.

Uma redoma de silêncio cobre a sala até ser quebrada por Ernesto.
– O Tomás teve a ver com a soltura do meu pai?

Fernanda e Tomás voltam a trocar olhares. Finalmente, ela diz em voz baixa:
– É melhor você contar, Tomás.

Tomás toma um gole, limpa a garganta e encara Ernesto.
– O que aconteceu foi que lá pra março ou abril de 73, quando tua mãe e eu já nos conhecíamos havia alguns meses, eu contei pra ela que estava lidando com um caso difícil lá na companhia. O filho de um funcionário da empresa, estudante universitário, tinha sido preso, e o pai, com quem eu convivia diariamente, estava desesperado.
– Preso no DOI-Codi também? – pergunta Ernesto.
– Ninguém sabia com certeza. O rapaz tinha sumido. Era colega de classe daquele estudante de geologia da USP que tinha sido preso na Cidade Universitária e dias depois apareceu morto.
– Alexandre Vanucchi Leme – esclarece Juliette. – Outro que morreu nas mãos do Brilhante Ustra.
– No caso desse rapaz – continua Tomás – havia a suspeita de que ele pudesse ter sido levado pro Cenimar, no Rio, porque a polícia descobriu que ele tinha contatos com uma célula terrorista

de lá. Mas o mais provável era que ele continuasse aqui mesmo em São Paulo. Provavelmente na Oban.
Tomás olha de relance para Fernanda antes de continuar. Ela assente, discretamente.
– O fato é que eu fui obrigado a me envolver em nome da empresa para resolver a situação. Fui atrás de alguém que pudesse ter algum canal com o aparato da repressão. Acabaram me apresentando a um sujeito que dizia ter acesso à chefia do DOI-Codi.
Tomás toma mais um gole antes de continuar.
– No começo eu desconfiei desse intermediário. Era um tipo escorregadio, meio asqueroso, que se dizia informante da polícia. Eu tinha minhas dúvidas, já que não é comum um informante falar disso de forma aberta. Mas ele de fato parecia conhecer detalhes da carceragem que só alguém que frequentasse o lugar poderia descrever. Sabia nome de soldados e oficiais, descrevia o layout da carceragem e o funcionamento das sessões de interrogatórios e tortura. Resolvi ouvir o que ele tinha pra me oferecer, e em poucos dias o sujeito me trouxe uma solução sobre o caso: tinha como liberar o rapaz, mas ia ter um preço. Em dinheiro.
– E sua empresa concordou com isso? – pergunta Juliette.
– O assunto saiu das minhas mãos, foi para a presidência, imagino que tenha chegado até o *board* em Nova York. A decisão foi pagar, afinal a vida do garoto estava em jogo. Houve uma negociação, e o assunto felizmente acabou bem: o rapaz foi liberado. Bastante machucado, mas foi.
Após alguns segundos, Fernanda diz:
– Quando ele me contou esse caso horrível...
– Você abriu pra ele a situação do Héctor – completa Ernesto.
– Exatamente. Foi o que salvou teu pai.
– Quer dizer – Ernesto volta-se para Tomás – que você intercedeu por ele no DOI-Codi.
– Intercedi. Podemos dizer assim.

– Usando essa mesma pessoa que tinha cuidado do caso do filho do teu funcionário.
– Sim.
– Dinheiro, propina...?
– Também.
Alguns segundos escorrem.
– Você esteve frente a frente com esses assassinos?
– Felizmente, não. Nunca cheguei perto da Oban. Uma das condições que nós colocamos na negociação era que ninguém da UE tivesse qualquer contato com gente de lá, nem por telefone. Exigimos que tudo fosse feito por meio desse suposto informante.
Ernesto suspira e balança a cabeça antes de continuar.
– Porra, Tomás, você é outro que me deixou no escuro esse tempo todo...
– Eu tinha que respeitar a decisão da tua mãe sobre te contar ou não.
– E qual foi o arranjo pro meu pai ser solto?
– Além do acerto financeiro, você quer dizer?
– Sim.
– O que eles não admitiam era que ele simplesmente saísse, livre e solto, sem restrições. Não queriam teu pai perambulando livre por São Paulo – ou qualquer outra parte do país. Tinham se convencido de que ele era um terrorista estrangeiro infiltrado no Brasil, que precisava ser expulso do território nacional.
– Que absurdo...
– Deixaram claro que, se insistíssemos que ele fosse posto incondicionalmente em liberdade, a negociação acabava.
– Qual foi a saída, então?
– Garantimos a eles que teu pai sairia do DOI-Codi direto pra fora do país. Sem contato com quem quer que fosse. Da carceragem pro aeroporto. Eles relutaram um pouco, mas acabaram concordando com esse arranjo e autorizaram a soltura.
Ernesto encara Fernanda:

– E você concordou com isso, mãe?
– Que escolha eu tinha? Você não está entendendo? Era isso ou ele não saía de lá vivo.

Ernesto volta o olhar para Tomás:

– Quanto a UE pagou pela liberdade do Héctor?
– Eu nunca soube o valor, mas não deve ter sido pouco. Como no outro caso, isso foi decidido no nível mais alto da companhia. Depois de negociar os detalhes da soltura, eu saí do circuito. As tratativas financeiras eram enviadas pela presidência da filial de São Paulo a Nova York, por malote lacrado.
– Mas você deve ter uma ideia desse valor. Pelo menos uma faixa aproximada.
– Eu estimo que tenha sido algo na casa de dezenas de milhares de dólares. Talvez centenas.

Quebrando o breve hiato que se segue, Juliette intervém:

– No caso do filho do funcionário eu até entendo essa postura, digamos, humanitária da sua companhia. Mas no caso do Héctor, que não tinha nenhuma ligação com a empresa, nenhum parentesco com qualquer funcionário, o que levou a United Energy a desembolsar uma quantia desse porte?
– Não se trata dos motivos que levaram a companhia a aceitar – responde Tomás calmamente –, mas sim *de quem* veio o pedido.

Fernanda intervém incisiva, encarando Juliette:

– Você parece não entender a importância e o prestígio do Tomás na companhia. Vinte e cinco anos de carreira, responsável direto pelo sucesso da empresa em todo o continente. O Tomás era – e continua sendo – o executivo mais importante da UE na América Latina. Os gringos sempre souberam perfeitamente disso. E ainda sabem. Um pedido dele carrega um peso muito grande.

Juliette faz uma pequena mesura:

– Bravo, *monsieur* Tomás. Usar seu prestígio para uma boa causa merece aplauso, *sans doute*.

Tomás ignora o gesto.
Ernesto retoma, pensativo:
– Então o Héctor foi do DOI-Codi direto pra França?
Juliette balança a cabeça negativamente. Tomás se adianta e responde:
– Não. Para que o processo andasse rápido, antes que o Ustra ou alguém do DOI-Codi mudasse de ideia, o destino tinha que ser um país onde já houvesse precedente de acolhimento de brasileiros. Onde os trâmites de embarque e liberação fossem mais fáceis e rápidos.
– A lista de opções era limitada – diz Fernanda. – Chegamos a pensar no México, que já tinha recebido presos políticos brasileiros...
– Mas o país mais fácil, naquela situação – segue Tomás –, era, com certeza, o Chile. O Allende recebia exilados latino-americanos de braços abertos. Como eu disse, milhares de brasileiros tinham conseguido asilo por lá. Havia toda uma rede de recepção montada para isso.
– E seria também mais fácil para o senhor tomar as providências para que tudo desse certo, não? – comenta Juliette – *Monsieur* com certeza tinha deixado contatos no Chile. Gente que podia facilitar os "trâmites", como o senhor diz.
– É claro que eu tinha deixado contatos em Santiago. Mais cedo ou mais tarde a companhia ia retomar o ritmo normal dos negócios por lá, era preciso contar com pessoas influentes nos lugares certos. Algumas dessas pessoas eu naturalmente acionei para garantir a segurança na chegada do Héctor.
– Nós não sabíamos em que condições físicas ele ia chegar – diz Fernanda a Ernesto. – Assumíamos que ele devia estar muito machucado, que ia precisar de ajuda.
Juliette insiste com Tomás:
– Essas "pessoas influentes" a que o senhor se refere eram civis ou militares?

– Que importância tem isso? – Fernanda eleva o tom de voz, irritada com a insistência de Juliette. – Você não está entendendo? Qualquer ajuda com que nós pudéssemos contar para salvar o Héctor era bem-vinda.

Ernesto folheia os cadernos:

– Ele devia estar com o corpo em pedaços. A viagem deve ter sido duríssima.

– Foi mesmo – diz Juliette. – Ele me falou sobre isso. Não tinha quase nenhum movimento nas pernas, além de dores intensas devido à artrose aguda nos quadris.

– Um inválido, despachado feito carga, a caminho de um destino que ele não tinha escolhido.

– Mas vivo, Ernesto – diz Fernanda. – Vivo.

– Isso foi quando, exatamente? – pergunta Ernesto.

– Quando a notícia do embarque chegou até nós – diz Tomás –, a saída dele do DOI e a viagem já tinham acontecido, alguns dias antes.

– Primeiro de julho de 1973 – diz Fernanda, sem qualquer sinal de dúvida na voz –, um domingo. A confirmação dessa data foi a última notícia concreta que o Tomás e eu tivemos do teu pai – pausa, antes de voltar-se para Juliette e completar: – até esta noite.

LOGO APÓS O golpe de 1964, a maioria dos exilados brasileiros no Chile era composta de membros do governo deposto e políticos cassados; mais de quatro anos depois, na esteira do AI-5 e entrando pelos anos 1970, o perfil das novas levas de refugiados era outro. Predominavam dirigentes de organizações clandestinas e militantes da luta armada. Eram recepcionados no aeroporto de Santiago com ruidosos eventos organizados por exilados e por organizações defensoras dos direitos humanos. Guerrilheiros libertados na troca por diplomatas sequestrados, em particular, eram louvados como heróis da luta contra a ditadura militar no Brasil.

Não foi o caso de Héctor.

Último a desembarcar do avião, apartado dos demais passageiros, teve de aguardar a bordo por quase meia hora enquanto o pessoal de terra providenciava uma cadeira de rodas. Após atravessar a ala de chegadas de voos internacionais, completamente deserta, Héctor foi levado a uma sala reservada e colocado frente a um funcionário do setor de imigração e três militares uniformizados. O oficial que liderava o trio orientou o servidor que processou a documentação, sem que ao recém-desembarcado fosse feita nenhuma pergunta.

Um furgão sem placas ou identificação o aguardava numa viela lateral do aeroporto. Ao ser colocado no banco traseiro, o oficial lhe entregou alguns papéis e lhe dirigiu, pela primeira e única vez, a palavra:

– Tenha ciência de que o senhor está agora sujeito às leis da República do Chile. Qualquer violação será punida com a revogação de seu status de exilado temporário e a imediata comunicação ao seu país de origem, para os procedimentos de repatriação.

Quarenta minutos depois, Héctor em sua cadeira de rodas foi depositado na entrada do Hogar Pedro Aguirre Cerda, no parque Cousiño (hoje parque O'Higgins), próximo ao centro de Santiago. Por ali tinham passado, anos antes, os setenta presos políticos trocados pelo embaixador suíço, grupo de que fazia parte frei Tito de Alencar Lima, cujo destino viria a se cruzar com o de Héctor muito tempo depois.

O casal de voluntários de plantão não escondeu sua surpresa com a presença de Héctor. Nenhuma autoridade, chilena ou brasileira, havia avisado o grupo que administrava o Hogar de sua chegada.

– Curioso... – disse o voluntário chileno de cabelos ruivos, presos de forma desajeitada num rabo de cavalo, examinando os documentos que o oficial havia deixado com Héctor. Seu português era fluente, quase sem sotaque. – Seu visto de entrada não foi emitido pelo Ministério do Interior, como costuma acontecer. Esta autorização está assinada pelo Ministério do Exército. – Ergueu os olhos para Héctor: – Você sabe por quê?

– Não me disseram nada. Nem no Brasil, nem aqui.

– Mas está tudo certo – disse o voluntário devolvendo os papéis a Héctor. – Teu status de refugiado político está garantido.

Héctor ficou intrigado. Mal havia examinado os documentos que lhe haviam sido entregues no aeroporto. Enquanto o ruivo providenciava sua acomodação, passou os olhos pelo papel timbrado do Ministério do Exército que autorizava sua entrada no país. Sobre o carimbo na última página, lia-se "Omar Peña – Coronel del Ejército Chileno".

Aos domingos, eram habitualmente poucos os voluntários escalados para instalar recém-chegados nos centros. Mas nesse dia, em particular, a escassez de pessoal tinha uma razão adicional: 48 horas antes do desembarque de Héctor, em 29 de junho, o governo Allende sofrera a primeira tentativa de golpe militar.

No chamado "Tanquetazo", militares da direita radical do Exército haviam invadido com tanques as ruas de Santiago, numa tentativa de tomar de assalto o Palácio de La Moneda. O plano fracassara devido à intervenção pessoal do general constitucionalista Carlos Prats. Em uniforme de combate, o militar legalista enfrentara os golpistas de peito aberto, em plena rua, intimidando-os com sua figura legendária nas Forças Armadas. A tentativa frustrada no último minuto reforçava os argumentos de Prats, que há meses tentava convencer Allende de que era inadiável a decretação do estado de sítio no Chile. O general tinha a convicção de que, sem isso, seria impossível assegurar a ordem constitucional no país. Com a crescente onda de atentados terroristas de direita e de esquerda, a parcela do povo chileno que apoiava Allende vinha há tempos clamando pelo fechamento do Congresso Nacional, para que o presidente eleito tivesse condições de governar. Nas passeatas, cantava-se "A cerrar, a cerrar, el Congreso Nacional...".

As convicções legalistas de Allende e seu respeito intransigente à ordem constitucional, no entanto, falaram mais alto. Num discurso, no qual chegou a ser vaiado por uma multidão de apoiadores, declarou: "Faremos as mudanças revolucionárias em pluralismo, democracia e liberdade... Não vou, porque seria absurdo, fechar o Congresso". Essa posição de respeito estrito à letra da lei, da qual não admitia abrir mão, foi a semente de sua própria ruína.

À medida que o cerco se fechava, ficava óbvio que Salvador Allende ocupava o governo, mas não detinha o poder.

***

Nos dias que se seguiram à sua chegada, Héctor foi examinado por ortopedistas, reumatologistas e neurologistas que tentavam avaliar a extensão das sequelas que a tortura lhe infligira. A preocupação central dos médicos era grande com fraturas mal consolidadas, focos de infecções e a presença de coágulos resultantes de extensos traumas nos quadris e no fêmur. Havia uma tíbia fraturada e infeccionada. As partes mais afetadas de seu corpo eram o tórax, as pernas e a coluna, cuja deterioração podia resultar em paraplegia. Havia múltiplos focos de osteomielite, que aumentavam a probabilidade de eventuais intervenções cirúrgicas. Apesar dos riscos, com o apoio de fisioterapeutas, Héctor começou aos poucos a abandonar a cadeira de rodas e arriscar passos com muletas. O fato de recuperar alguma mobilidade, ainda que de forma precária, devolveu-lhe a esperança de que, com o passar do tempo, teria condições de retomar sua vida e perseguir, ainda que ferido, o futuro que lhe fora negado.

Os dias de Héctor eram divididos entre os tratamentos médicos e a inserção na comunidade de refugiados brasileiros. Percebeu logo que um dos maiores desafios enfrentados pelo exilado é a busca pela redefinição de sua identidade. Bruscamente privados de seu país, sua profissão, seus laços profissionais e – na maioria das vezes – sua família, a reconstrução da narrativa de vida dos desterrados frequentemente recaía na adoção, de forma redobrada, da postura militante. À medida que conhecia mais de perto as diferentes associações em que a comunidade se organizava, Ernesto surpreendia-se com a total ausência de autocrítica dos exilados em relação ao fracasso da estratégia da luta armada no Brasil, estratégia cuja repressão, a essa altura, já havia dizimado as principais organizações de guerrilha urbana e estava em vias de exterminar por completo os incipientes focos de guerrilha na região do Araguaia. Embora as divisões históricas da esquerda brasileira persistissem no Chile, parecia a Héctor que muitos militantes, originalmente moderados, eram empurrados no exílio para posicionamentos mais radicais, rejeitando linhas de ação que descartassem a guerra revolucionária para a tomada do poder.

Passadas as primeiras semanas de adaptação, Héctor começou a sondar a comunidade sobre possíveis formas de contato com Fernanda e Ernesto de forma que não comprometesse a segurança deles ou sua própria condição de exilado. Foi informado de que não havia canal seguro. Cartas e documentos eram trazidos e levados do país por portadores clandestinos que colocavam em risco a própria vida, devido ao rígido controle das fronteiras brasileiras em relação a tudo que tivesse conexão com o Chile socialista. Exemplo notório desse risco foi a execução, sob tortura, do ex-parlamentar Rubens Paiva, cuja prisão se dera por ser o destinatário de correspondência de exilados brasileiros apreendida com passageiras vindas do Chile.

Enquanto buscava formas viáveis de contato com o Brasil, aumentava a insistência de Héctor junto à rede de solidariedade que o recebera para que lhe designasse alguma função produtiva. Além de querer demonstrar com trabalho a gratidão que sentia por sua acolhida, tinha a necessidade vital de voltar a se sentir útil, após o longo período de sofrimento físico e psicológico. Havia quase dois anos que suas energias tinham sido concentradas no simples ato de sobreviver. Sua formação em letras fez com que a opção natural de trabalho recaísse na colaboração com uma das muitas publicações produzidas pela comunidade de refugiados. A imprensa exilada contava com dezenas de títulos, todos com a mesma linha editorial: avanços do socialismo global, denúncia dos crimes cometidos pela ditadura brasileira e relatos sobre a resistência heroica dos companheiros no continente latino--americano. Havia seções fixas convocando os leitores a participar de campanhas de solidariedade e comparecer a debates centrados na denúncia do conluio dos governos militares da região com as forças destrutivas do imperialismo norte-americano.

Em meio ao clima de polarização extrema que dominava a vida chilena, não demorou para que as forças políticas locais que apoiavam Allende percebessem que a voz da comunidade verde e amarela podia ser valiosa. Exilados brasileiros passaram a participar ativamente de manifestações pró-Allende, cantando o hino da Unidade Popular; engajavam-se em serviços voluntários nas comunidades operárias do Movimiento de Acción Popular (Mapu) e nas ações do Movimiento de Izquierda Revolucionaria (MIR), que agiam na tentativa de regulação da distribuição de mercadorias, combatendo os preços abusivos que eram cobrados no mercado clandestino. Os brasileiros tornaram-se, gradualmente, parte do jogo político chileno, ganhando visibilidade e se expondo de forma perigosa perante forças que agiam nas sombras para sabotar o regime.

Passados pouco mais de dois meses de sua chegada a Santiago, quando pequenos progressos em sua mobilidade o deixavam um pouco menos dependente, e a retomada de atividades intelectuais dava contornos de certa normalidade no seu dia a dia, Héctor viu repetir-se à sua volta o pesadelo que vivera quase dez anos antes.

A espiral de acontecimentos que levaram à queda de Allende se acelerou com o isolamento do fiel general legalista Carlos Prats, alvo de seguidos atos difamatórios e de repúdio por se recusar a sequer discutir a possibilidade de um golpe militar. A pressão levou-o finalmente a renunciar ao seu posto de comandante das Forças Armadas. Para substituí-lo, Allende escolheu um homem de sua confiança: o general Augusto José Ramón Pinochet Ugarte. O poder militar passava assim às mãos daquele que viria a ser o artífice macabro do golpe de 11 de setembro, que enterrou a democracia chilena sob centenas de corpos de oposicionistas, muitos deles assassinados com perversidade.

Cercado por tropas do Exército, Salvador Allende matou-se no Palácio La Moneda, sob forte ataque da Força Aérea e do Exército chilenos. Só, caído junto a uma janela, tinha numa das mãos o fuzil AK-47 que lhe fora presenteado por Fidel Castro e na outra, um microfone da Radio Magallanes, emissora que transmitiu ao vivo suas últimas palavras:

Compatriotas: es posible que silencien las radios, y me despido de ustedes. En estos momentos pasan los aviones. Es posible que nos acribillen. Pero que sepan que aquí estamos, por lo menos con este ejemplo, para señalar que en este país hay hombres que saben cumplir con las obligaciones que tienen. Yo lo haré por mandato del pueblo y por la voluntad consciente de un presidente que tiene la dignidad del cargo.*

Allende apoiou o fuzil sob seu queixo e disparou. Seu governo tinha durado exatos 1.001 dias. Contam-se às centenas as execuções de opositores nos meses que se seguiram ao golpe, marcadas por extrema crueldade. Compositor e intérprete destacado de canções de protesto, Víctor Jara, parceiro musical de Violeta Parra (compositora de "Gracias a la Vida"), foi espancado de forma brutal logo ao chegar ao Estádio Nacional, para onde tinha sido levado. Teve suas mãos esmigalhadas a golpes de coronhadas, para que jamais pudesse voltar a empunhar um violão. Cinco dias depois, estava morto. Seu corpo foi mais tarde recuperado num matagal e submetido a uma autópsia, que listou 44 perfurações de balas e um sem-número de ossos quebrados.

Para não deixar dúvidas de que a poesia morrera no Chile, logo após o golpe a casa de Pablo Neruda em Santiago ("La Chascona") foi saqueada, e todos os seus livros, queimados. O próprio Neruda sucumbiria a um câncer de próstata poucos dias depois do golpe. No funeral do poeta, apesar da vigilância ostensiva de soldados armados, cantou-se o hino da Internacional Socialista em meio a gritos de homenagem a Neruda e Allende. Terminada a cerimônia,

---

* Em tradução livre: "Compatriotas: é possível que silenciem as rádios, e me despeço de vocês. Neste momento, passam os aviões. É possível que nos metralhem. Mas que saibam que aqui estamos, pelo menos com este exemplo, para mostrar que neste país há homens que sabem cumprir com as obrigações que têm. Eu o farei por mandato do povo e pela vontade consciente de um presidente que tem a dignidade do cargo".

houve correria e perseguição aos supostos autores da audácia. Os que não conseguiram fugir juntaram-se à lista de desaparecidos esmagados sob o punho de ferro da ditadura chilena.

O longo braço assassino da ditadura Pinochet continuaria fazendo vítimas por vários anos. Em 1974, Carlos Prats foi assassinado na explosão de um carro-bomba em frente ao seu apartamento em Buenos Aires, cidade onde tinha se exilado; em setembro de 1976, uma bomba explodiu sob o carro do ex-embaixador chileno nos Estados Unidos, Orlando Letelier, matando-o e a uma passageira em plena luz do dia numa rua de Washington; dezenas de opositores, inimigos políticos e militantes de partidos e organizações de esquerda foram caçados e mortos em diversas partes do Chile entre 1973 e 1977. Muitas dessas execuções eram resultado da Operação Condor, que integrava os serviços de inteligência das ditaduras argentina, boliviana, brasileira, chilena, paraguaia e uruguaia, com ataques a bomba em diversos países e a prática sistemática de detenções e extradições ilegais, seguidas de tortura e assassinato.

À medida que os tentáculos da repressão à esquerda latino-americana se multiplicavam, a militância, acuada, procurava opções de sobrevivência que pareciam minguar a cada dia.

3h32
Fernanda, Ernesto, Tomás e Juliette

– O HÉCTOR ME contava – diz Juliette – que logo após o golpe, quando os exilados se deram conta do nível de brutalidade da polícia militar do novo governo, a comunidade brasileira entrou em pânico. Para piorar as coisas, o Brasil foi um dos primeiros países a reconhecer o governo Pinochet, um gesto que explicitava o endosso do Planalto à caçada dos exilados brasileiros.

– Ou seja – diz Ernesto –, a história se repetia. Ele fugindo dos milicos, de novo.

– Só mudou o uniforme – responde a francesa. – Dessa vez era o camuflado amarelado do Exército chileno.

Ernesto balança a cabeça, inconformado:

– É incrível. Alguém que nunca tinha dado um tiro na vida, não tinha participado de sequestros, não tinha assaltado banco nenhum... nada... continuava a ser caçado feito cachorro ladrão.

– A caçada era geral. Milhares de refugiados de todas as nacionalidades começaram a fazer fila nos portões das embaixadas atrás de asilo político. Houve situações... como se diz?... dantescas. A embaixada do Panamá, por exemplo, funcionava num apartamento de 60 m^2 no andar térreo de um prédio. O embaixador panamenho chegou a acolher, nesse espaço mínimo, 264 pessoas de diversas nacionalidades, inclusive brasileiros.

– Que caos...

— À noite, havia gente que se escondia nas favelas de Santiago ou dormia ali mesmo, pessoas encostadas nos muros das representações diplomáticas, correndo o risco de serem presas durante a madrugada. Alguns países, pressionados a proteger seus cidadãos encurralados no Chile, recorreram à ajuda da Cruz Vermelha Internacional e do Comissariado da ONU para refugiados. Mas na prática essa movimentação internacional não tinha efeito algum. As pessoas visadas sabiam que podiam ser presas e desaparecer de uma hora para outra.

— E por que o Héctor escolheu a embaixada da França?

— Não foi exatamente uma escolha dele – responde Juliette –, mas... *un hasard*. Um golpe de sorte, poderíamos dizer.

— Sorte?

— Dentro da situação, sim.

— Sorte é algo que não combina muito com o que o Héctor passou – diz Ernesto.

— Não mesmo – concorda Fernanda. – Era como se uma nuvem escura pairasse sobre teu pai. Desde que saiu da nossa casa da Frederico Abranches, nada de bom acontecia com ele.

— Não esqueçam – diz Tomás, enquanto os olhares se voltam para ele – que ele conseguiu escapar com vida do DOI-Codi. Foi uma sorte que muitos não tiveram.

— Mas isso, *monsieur* – diz Juliette –, não foi uma questão de sorte. Aconteceu por influência sua.

— O importante é que ele sobreviveu àquele inferno – diz Fernanda, encarando as próprias mãos.

Ernesto interrompe, dirigindo-se a Juliette:

— Que golpe de sorte foi esse que abriu as portas da embaixada da França pra ele?

— Uma das fisioterapeutas que cuidavam da recuperação do Héctor era francesa. Tinha vindo para Santiago casada com um médico chileno que se formara em Rennes. Ela conhecia bem o caso do Héctor, sabia que não havia acusações graves pendentes contra ele. Que ele não tinha pegado em armas nem participado de ações que resultaram em morte; nada que pudesse atrapalhar um processo de pedido de asilo político. Foi dela a iniciativa de contatar amigos na embaixada francesa e pedir ajuda.

– A embaixada da França devia ser uma das mais procuradas – diz Fernanda.

– *"France, pays d'accueil"*... "França, país do acolhimento" – diz Juliette. – Nós, franceses, sempre nos orgulhamos desses slogans sobre nossos princípios humanitários.

– O marketing dos franceses sempre foi muito bom para se venderem como heróis dos direitos humanos – diz Ernesto, olhando de relance para Tomás.

– *Liberté, fraternité* etc. – comenta Tomás em tom irônico, devolvendo o olhar a Ernesto. – Ainda tem quem acredite que a França se guia por isso.

– Fossem ou não verdadeiras as boas intenções dos franceses, o fato é que a embaixada da França era realmente uma das mais procuradas – confirma Juliette. – A maioria dos países não queria se envolver. A Itália não queria saber de exilados políticos brasileiros, que eles consideravam "guevaristas" e radicais demais. Felizmente na França havia grupos de esquerda com nível razoável de organização, como a Liga Comunista e a Esquerda Proletária, que foram às ruas cobrar uma atitude de apoio da França aos encurralados no Chile. Apesar da resistência dos conservadores, essa pressão deu algum resultado e "forçou" o governo francês a agir.

– Ou seja, sem pressão, os nobres ideais humanitários franceses não mexeriam um palito sequer. Quanta hipocrisia...

– Hipocrisia ou não, *monsieur*, não há como negar que a França tem um histórico positivo na concessão de asilos políticos. Mas é preciso lembrar também que pouco tempo antes o país tinha cometido atrocidades terríveis tentando esmagar a revolução na Argélia.

— Ou seja, os franceses também têm as mãos sujas — diz Ernesto.

— Não existe potência colonial que não tenha sujado as mãos, Ernesto — responde Juliette. — E os militares brasileiros sabiam perfeitamente disso. Alguns generais, inclusive dois que assumiram a presidência — Castello Branco e Figueiredo — queriam usar esse *know-how* francês no combate à guerrilha.

— *Know-how*... — ironiza Ernesto, balançando a cabeça — como se fosse um manual técnico qualquer.

— Treinamento em técnicas de combate e tortura, para ser mais exata. Vários militares franceses vieram ao Brasil a convite do Exército para isso. Deram aulas em diversos quartéis, inclusive na Amazônia. Está tudo documentado.

— Você parece muito bem informada a respeito — diz Tomás.

— Foi o tema da minha dissertação de mestrado, *monsieur*: a reação de potências coloniais aos movimentos de libertação na América Latina.

Tomás não se mostra impressionado. Juliette se volta para Ernesto.

— Aqui no Brasil, após o golpe de 64, a França vivia um dilema: queria, por um lado, honrar sua tradição de conceder asilo a perseguidos políticos e, por outro, manter boas relações com o governo brasileiro. Não queria colocar em risco a participação dos negócios franceses no tal milagre econômico que o regime militar prometia. Houve até um gesto vergonhoso de "boa vontade" — Juliette faz o gesto de "aspas" com as mãos — do governo Pompidou para com os militares brasileiros: o ministro do Interior, Raymond Marcellin, proibiu a venda da edição francesa do livro do Carlos Marighella — *Minimanual do guerrilheiro urbano* — argumentando que poderia incitar ações de subversão à ordem pelos estudantes franceses, repetindo os tumultos de 68. Um ato de censura como esse é raro no meu país. Gerou muito protesto. Já tinham sido vendidos 4 mil exemplares.

Ernesto folheia os cadernos, tentando retomar o assunto.
– Meu pai conseguiu, então, com a ajuda dessa tal fisioterapeuta, o asilo na França.
– Sim. Ele desembarcou em Paris em...
– Fevereiro de 1974 – diz Ernesto, apontando para a página aberta em suas mãos –, estou vendo aqui.
– Mês que vem fará dez anos... – reflete Fernanda. – Parece que foi em outro século.
– E ele entrou no país sem problemas? – pergunta Ernesto.
– Sim – responde Juliette. – Na chegada, todos os exilados tinham que passar por um interrogatório em que estavam presentes policiais franceses e brasileiros. Era um arranjo negociado pela diplomacia dos dois países. Mas os policiais brasileiros nunca interferiam, nem tinham poder para colocar qualquer objeção.
– Então acompanhavam o interrogatório pra quê?
– Oficialmente, era apenas um registro formal, para o caso de, no futuro, haver alguma mudança no status do exilado. Mas hoje se sabe que as autoridades francesas colaboravam com o SNI – o Serviço Nacional de Informações brasileiro – no controle da movimentação dos exilados. E isso não acontecia só na França. Agentes da repressão circulavam nas embaixadas brasileiras em diversos países. Houve até um boato de que o próprio Fleury viajaria a Paris para ajudar as autoridades francesas em processos de expulsão e até mesmo no sequestro de inimigos do regime que tinham escapado da repressão.
– Não me diga que isso aconteceu...
– Não creio. A presença dele na França nunca foi confirmada.
Fernanda se ajeita no sofá, impaciente:
– E a saúde do Héctor?
– Seguia preocupante. As sequelas eram muitas. As infecções ósseas nunca foram controladas por completo, às vezes voltavam com força. Quando isso acontecia, havia o risco de o organismo deteriorar num quadro de septicemia...

– ... que podia ser fatal.
– Sim.
– E dinheiro? Com que recursos ele conseguia se tratar?
– Havia uma rede de médicos que atendiam os refugiados de forma, digamos, "semiclandestina". Pediam para colegas na administração dos hospitais públicos que fechassem os olhos e encaixavam pacientes na situação de Héctor para tratamento gratuito na confusão burocrática da previdência social francesa.
– Ele nunca voltou a andar normalmente?
– Por conta própria, sem qualquer apoio, não. Nos melhores momentos, usava uma bengala. Nos piores, precisava de muletas ou cadeira de rodas.

Fernanda suspira. Troca um olhar molhado de pesar com Tomás, que aperta uma de suas mãos.

– E como você chegou até ele? – pergunta Ernesto.
– Eu soube da existência do Héctor quase que por acaso. Nas pesquisas para o meu mestrado, fui apresentada a um dominicano brasileiro, Magno Vilela, que morava em Paris. Ele me contou de um frade cearense, Tito de Alencar Lima, ex-preso político, que estava exilado na França desde 71, morando no convento Sainte-Marie de La Tourette, em Éveux-sur-L'Arbresle, perto de Lyon. Era um convento pequeno, onde moravam cerca de quinze dominicanos. O nome de contato que eu tinha era de um *frère* francês, Marc Jouillet. Em maio de 74 eu fui até lá, fiquei vários dias, conversamos muito. Ele me contou relatos que ouvira dos brasileiros que visitavam Tito. Falou da prisão e tortura dos freis Ivo e Fernando, que acabou resultando na morte de Marighella; da madrugada de terror quando o convento de Perdizes foi invadido pelo delegado Fleury; dos freis Georgio, Maurício, Roberto, todos presos em São Paulo; de frei Betto, preso em Porto Alegre e levado a São Paulo pela equipe da Oban; e falou principalmente do suplício do frei Tito, preso na invasão do convento e torturado em duas etapas: uma

por Fleury no Dops, em novembro de 69, e outra por Benone Albernaz, no DOI-Codi, três meses depois.
– Você viu frei Tito?
– Não. Não consegui falar com ele. Nos dias que passei em L'Arbresle, ele estava em tratamento, internado na ala psiquiátrica de um hospital em Lyon.
Ninguém comenta. Juliette continua.
– *Frère* Marc me contou que frei Oswaldo Rezende, numa das visitas a Tito, mencionara um estudante uruguaio, colega de universidade dos freis que estudavam na USP; lembrava que não era militante ativo, mas costumava frequentar os debates e as prédicas na Igreja São Domingos. Lembrava apenas seu primeiro nome – Héctor –, e que tinha uma companheira e um filho pequeno, de cujos nomes ele não se lembrava. Alguém tinha dito a Oswaldo que Héctor tinha se exilado recentemente na França, mas seu paradeiro era desconhecido. Me pareceu que podia ser uma personagem interessante na minha pesquisa: alguém envolvido com o movimento de resistência dos dominicanos, mas sem ser religioso. Quando voltei a Paris, resolvi investigar: comecei pelo Setor de Imigração do Ministério do Interior, na Place Beauvau.

AO ENTRAR EM *seu quarto no hospital em Lyon, Tito colou seu corpo contra a parede, de costas para o médico e as enfermeiras que o acompanhavam. Em seguida, abriu seus braços, assumindo a postura de crucificado, e declarou:*
 – Podem me fuzilar. Estou pronto.
 Era como se o dominicano cearense de 28 anos acreditasse que seus algozes imaginários estavam prestes a executá-lo. As razões dessa reação, e a dor e o sofrimento estampados em seu rosto, eram ainda um mistério para a equipe médica que o atendia. Com o tempo, dar-se-iam conta da extensão do martírio a que seu paciente tinha sido submetido e das profundas cicatrizes que sua mente carregaria pelo resto dos seus dias.
 A jornada de Tito desde sua prisão no convento de Perdizes até L'Arbresle fora acidentada. Levado ao Dops naquela fatídica madrugada de novembro de 1969, ele viu-se em frente a Sérgio Paranhos Fleury, que seria descrito no diário clandestino de frei Fernando de Brito:

> *Seus olhos de águia, inoculados de ódio, são quase líquidos. Ao torturar, tornam-se salientes, marcados por rubras e finas estrias. A cabeça redonda assemelha-se a uma bola a equilibrar-se sobre o corpanzil. O tronco avolumado não tem a flacidez dos obesos; antes, dá a impressão*

de que, por dentro da pele, a estrutura óssea é suficientemente dilatada para ocupar todos os espaços. As bochechas alargam o rosto e o nariz é diminutamente desproporcional ao desenho oval da face. Os cabelos são crespos e ralos, cuidadosamente fixados para imprimir-lhe aparência asseada. As mãos, gigantes, trazem dedos arredondados, e o tom grave da voz acentua-lhe o modo impositivo de falar. [...] Utiliza os instrumentos de tortura como um cirurgião equipado para abrir, sem anestesia, as entranhas do paciente e extrair o tumor. A seus olhos, cada prisioneiro porta o vírus capaz de ameaçar a segurança nacional, contaminando o corpo social. Antes que a peste se espalhe, urge arrancá-lo a ferro e fogo. Se o prisioneiro resiste com seu silêncio, Fleury passa dos métodos "científicos" – pau de arara, choque elétrico, afogamento – aos brutais: arranca unhas com alicate, fura o tímpano, cega um olho, castra. Nesses casos, quase sempre mata. O único silêncio que não lhe irrita os ouvidos nem lhe instiga a prepotência é o da morte.

O diário de frei Fernando era escrito com letra microscópica em folhas finíssimas de papel de seda, enroladas numa caneta Bic de forma que preservasse a ponta da carga em caso de eventual controle. No dia de visita, a caneta era trocada por outra e levada por um dos frades do convento.

Em fevereiro de 1970, no Presídio Tiradentes, passados pouco mais de três meses desde seu suplício nas mãos de Fleury, Tito parecia se recuperar – ao menos do ponto de vista físico – das barbaridades a que fora submetido. Em dezembro, os frades haviam sido transferidos do Dops para o presídio, o que, em teoria, significava que estavam a salvo de ameaças de tortura, poderiam receber visitas, teriam direito a banhos de sol e acesso a advogados. Nada disso se confirmou: os religiosos continuaram incomunicáveis. Conseguiram apenas receber a visita de colegas de convento na comemoração do Natal e celebrar missas dominicais improvisadas e clandestinas nos corredores das celas.

No Tiradentes, os dominicanos passaram a conviver com outra dimensão do submundo carcerário: o inferno vivido pelos presos comuns, os chamados "corrós". Nessa massa de investigados sem acusação formal, sujeitos a interrogatórios brutais, menores eram amontoados junto a traficantes e delinquentes, muitos deles marcados para morrer. Com a conivência de guardas e carcereiros, o Esquadrão da Morte, ala assassina da polícia paulista liderada por Fleury, retirava da prisão os condenados pela facção, que eram executados na periferia da capital. Junto aos corpos eram ostensivamente deixados cartazes com uma caveira sobre duas tíbias cruzadas e a inscrição "Scuderie Detetive Le Cocq", para que não houvesse dúvidas sobre os autores da execução.

A recuperação física de Tito no presídio tinha, no entanto, os dias contados. No dia 17 de fevereiro, após o almoço, um capitão do Exército chega com uma ordem judicial que determina sua remoção para interrogatório na sede da Oban. Os companheiros se revoltam, tentam bloquear a porta da cela, mas tudo é inútil: Tito estava a caminho da "filial do inferno", onde ficaria à mercê do capitão Benone Albernaz.

O evento usado como pretexto para a segunda sessão de tortura de Tito se dera havia mais de ano: no final de 1968, fora o cearense que levara aos seus colegas da USP a sugestão do sítio Muduru, em Ibiúna, como local para a realização do XXX Congresso da UNE. O lugar lhe fora apresentado por sua amiga Therezinha Zerbini, assistente social cuja casa Tito frequentava. Agora, passados catorze meses, o proprietário do sítio, Domingos Simões, havia sido preso. Os militares queriam acareá-lo com Tito.

Os planos de Albernaz não se limitavam ao cearense: sua intenção era levar todos os frades presos para interrogatório no DOI-Codi. Queria que os dominicanos assinassem documentos reconhecendo sua participação em ações armadas, incluindo assaltos a banco. Com isso, esperava calar as vozes da sociedade que protestavam contra a prisão de padres, imputando aos religiosos, com provas testemunhais forjadas, a acusação de serem, na verdade, terroristas.

O suplício de Tito na Oban seguiu um roteiro de brutalidade que mesclava a tortura física e a psicológica. Entre golpes de sua cabeça contra a parede, sessões no pau de arara, choques elétricos por todo o corpo e queimaduras de cigarros na pele, os torturadores cercavam-no e gritavam difamações contra a Igreja: "Os padres não se casam porque são homossexuais; o Vaticano é uma farsa: controla as maiores empresas do mundo". Em determinado momento, disseram-lhe para que se preparasse para receber a "hóstia sagrada". Ato contínuo, enfiaram em sua boca um fio desencapado ligado à máquina de choques.

Albernaz não tinha pressa: perguntado por um soldado se pretendia manter Tito no pau de arara por toda a noite, respondeu: "Não é preciso. Se não falar, será quebrado por dentro, pois sabemos fazer as coisas sem deixar marcas visíveis. Se sobreviver, jamais esquecerá o preço de seu silêncio".

No dia 20, três dias após sua chegada à Oban, Tito encontrou uma lata velha em sua cela. Pacientemente, pôs-se a afiá-la, dizendo ao carcereiro que a usaria para fazer a barba. Ao ver passar um soldado, mostrou a barba malfeita e pediu emprestada uma gilete para acabar o serviço. Quando se viu a sós, enfiou com força a lâmina na dobra interna do cotovelo e pressionou o braço contra a privada para acelerar o jorro de sangue. O chão da cela ficou empapado. Levado in extremis ao Hospital das Clínicas, e depois ao Hospital Militar do Cambuci, Tito teve a vida salva por um fio. Mesmo convalescendo num leito hospitalar, não cessaram as sessões de insultos e agressões verbais dos algozes à sua volta. Chamavam-no agora de "padre suicida", afirmando que sua vida de sacerdócio acabara, pois a Igreja nunca receberia de volta alguém psicologicamente instável como ele.

Anos depois, frei Betto escreveria: "Na dor de Tito, gravou-se o que de mais hediondo produziu a ditadura militar brasileira. [...]

As incessantes torturas não abriam a boca do frade dominicano de 28 anos, mas lhe cindiram a alma".

O destino começou a escrever novo capítulo na vida de Tito no dia 7 de dezembro de 1970, quando o embaixador suíço Giovanni Bucher foi sequestrado no Rio de Janeiro. Era o terceiro sequestro político que Tito acompanhava de dentro da prisão, após as ações contra o cônsul japonês em março e o embaixador alemão em junho. Desta vez, no entanto, o governo endureceu as negociações. A relação dos setenta presos políticos a serem trocados por Bucher demorou quase um mês para ser fechada. Várias outras reivindicações foram ignoradas.

Soube-se depois que Tito constava da lista, da primeira à última versão. Na virada do ano, frei Fernando disse a Tito:

– Você tem que se preparar, porque possivelmente estará entre os presos a serem libertados.

A hipótese de ser banido de seu país, sem perspectiva de volta, era algo de que Tito não queria sequer ouvir falar. O cearense era uma exceção entre os militantes encarcerados, que viam a inclusão de seus nomes entre os futuros libertados como a boia salvadora a que se agarrariam com todas as forças; uma linha de vida que lhes era atirada em meio a mares revoltos, após o naufrágio da luta armada.

Frei Fernando relata:

> Tito recebeu a notícia como um mau agouro. Nenhum traço de alegria relampeja em seu rosto, em contraste com a euforia dos demais contemplados com a iminente liberdade. Nosso confrade reflui-se a uma tristeza muda. Enquanto o governo cuida das providências para embarcar os que figuram na lista e bani-los do território nacional, Tito passa o dia na cama, ocupado em orar, ler, fazer ioga.
> [...] Sabe que sua resistência às sevícias serve-lhe, agora, de alvará de soltura. Mas não quer arredar pé do Brasil. Aqui estão sua terra, seu povo, suas raízes. O exílio parece-lhe um imenso deserto no qual

se pode caminhar com liberdade, sem contudo saber a direção certa e muito menos o destino.

O desfecho do episódio Bucher (que seria o último do ciclo de sequestros políticos) se deu com o embarque dos setenta militantes no voo da Varig fretado pelo governo militar, que partiu da Base Aérea do Galeão rumo ao Chile, em 13 de janeiro de 1971. O assento designado a Tito era ao lado do de Jean-Marc von der Weid, presidente da UNE. No grupo dos libertados a bordo, os dois eram os únicos que nunca haviam participado de ações armadas. Antes que o avião decolasse, o líder estudantil apontou com as mãos algemadas para as instalações vistas através da janela e contou a Tito que estivera detido ali mesmo, no presídio da Aeronáutica.

– Foi aqui – disse Jean-Marc – que aquele facínora, o brigadeiro João Paulo Burnier, matou de forma monstruosa nosso companheiro Stuart Angel Jones.

Tito se recolheu em oração. As algemas de ambos só foram retiradas quando o avião desligou os motores no aeroporto de Santiago.

***

O clima de esperança que o governo Allende injetava na esquerda latino-americana naquele início de 1971 não foi suficiente para reter Tito no Chile. Nunca se soube ao certo a razão de sua decisão de partir; talvez tenha falado mais alto seu desejo de rever os dominicanos Oswaldo, Ratton, Magno e Giorgio, que tinham conseguido evitar a prisão e moravam na França; talvez Tito não suportasse viver em Santiago em meio à possibilidade de ver-se frente a frente com seus torturadores que, segundo boatos, visitavam clandestinamente o país; o fato é que, meras duas semanas após seu desembarque em Santiago, Tito partiu com destino a Roma, onde deu conta de sua situação de perseguido político à cúria geral dos dominicanos e seguiu viagem a Paris.

Tito chegava à França com planos de avançar sua formação cultural e religiosa. Seu primeiro endereço foi o convento de Saulchoir, a trinta quilômetros de Paris, onde os dominicanos recebiam formação em teologia. Nas primeiras semanas, ele se mostrava animado e comunicativo, mas logo começou a mostrar o abalo psicológico que sofrera com duas etapas de tortura e o desterro. Um mês depois, os frères decidiram que seria benéfico o convívio com amigos e outros exilados, e o transferiram para o convento Saint-Jacques, em Paris. Na capital, Tito tinha oportunidade de encontrar e conversar com Oswaldo, Ratton, Giorgio e Magno. Analisavam as ações tomadas pelos dominicanos no Brasil, discutindo tanto os acertos, do ponto de vista moral e ético, quanto os vários erros cometidos.

Coube a frei Oswaldo resumir:

– Faltou o povo nessa história.

A rotina de Tito passou a incluir denúncias sobre a tortura praticada pelo governo brasileiro, atividade que consumia boa parte das energias de que dispunha. Dá entrevistas contundentes à revista norte-americana Look, à italiana Gallo, publica texto no Boletim da Frente Brasileira de Informação. Mas os colegas começam a ver sinais inquietantes de que a instabilidade emocional se agravava. No convento, era comum encontrá-lo sentado na cama, horas a fio, com o olhar perdido. Patrick Augemont, um dos responsáveis pelos estudos dos frades no convento Saint-Jacques, ouviu de Tito:

– O senhor vê minha agonia. Estou agonizando. Há agonias que servem para algo. A de Cristo, por exemplo. A minha não serve para nada.

Em 1973, Tito manifestou a seus superiores o desejo de morar fora do convento, sob a alegação de que precisava afastar-se para refletir e ver mais claro dentro de si mesmo. O curso de teologia do seminário foi interrompido e a permissão, concedida, baseada no dispositivo canônico da ordem dos dominicanos que permite a exclaustração temporária. Magno Vilela continuou a vê-lo, alternando encontros em bistrôs e no apartamento alugado a uma velha senhora na Rue des Pyrénées. Um dia, recebe um telefonema de Tito, marcando encontro num bar do Quartier Latin.

– Chegue com cuidado – recomendou Tito.

Quando chegou, encontrou o amigo sentado no fundo do bar, com ar assustado. Tito apontou para dois rapazes de aparência norte-africana sentados numa mesa próxima:

– Cuidado, esses dois estão me seguindo. Estão a mando do Fleury.

Um par de meses depois, Tito estava de volta ao convento. Retornando de uma viagem, Magno bateu na porta do quarto de Tito e ouve como resposta:

– Não posso abrir. O Fleury está no prédio em frente, com um fuzil apontado para me matar.

Magno respondeu que o momento exigia que os procedimentos de segurança fossem seguidos:

– Você vem agachado até a porta e eu entro agachado. E não acenda a luz.

Tito obedeceu, Magno entrou e ambos ficaram conversando no chão. O cearense aceitou finalmente a explicação de que ambos não corriam perigo, já que as paredes eram de concreto e nenhum tiro podia atravessá-las.

O episódio convenceu a ordem de que Tito precisava de um ambiente mais acolhedor, fora dos centros urbanos, onde pudesse recuperar a sensação de segurança. Em junho de 1973, o cearense muda-se para o convento Sainte-Marie de la Tourette, em Éveux--sur-L'Arbresle. O início de sua estada naquela pequena comunidade foi auspicioso: Tito parecia feliz, integrado nas simples tarefas do convento e participativo nas conversas em grupo. O jovem frade Xavier Plassat, que se tornou o amigo mais próximo do cearense em L'Arbresle, notava, porém, que a postura reservada, tensa e contida de Tito nunca o abandonava por completo.

– Ele vivia fechado num universo próprio – diz Plassat – do qual não conseguia sair. Era preciso arrancar informações e opiniões dele. Quando aquela figura fragilizada e ensimesmada me contava que tinha sido líder ativo de movimentos como a JEC – a Juventude Estudantil Católica –, em Fortaleza e Recife, era difícil acreditar que estivesse falando da pessoa que eu tinha à minha frente.

Plassat tem a convicção de que o evento que disparou o gatilho de pavor que Tito tentava conter havia meses, e que o levou à sua primeira internação psiquiátrica, foi o golpe militar no Chile em 11 de setembro de 1973. Alguns dias depois, Xavier foi alertado pelos colegas que Tito estava sentado sozinho sob uma árvore, no estacionamento, desde o raiar daquele dia. Ao se aproximar, vê que o cearense está chorando:

– Acabou tudo. Allende foi derrubado.

Tito apontou para o pequeno vilarejo em frente a Éveux, a seis quilômetros de distância, e afirmou a Plassat que conseguia ver ali sua mãe e irmãos sendo ameaçados pelo delegado Fleury. Relatou ao amigo o que ouve de Fleury: "A fuga acabou pra você. Você não vai escapar de mim"; "Ninguém mais quer saber de você, um terrorista, comunista"; "Você não tem direito de pisar no chão do convento e da Igreja. Seus irmãos não aceitam mais te ver aqui. Você não pode comer, não pode beber, não pode pisar nem dormir lá"; "Você tem que se entregar. Estou esperando. Enquanto você não se entregar, fico com seus irmãos e seus pais".

Tito afirmava ouvir a tortura sucessiva de cada um dos membros de sua família. Fleury lhe dizia que sua mãe seria a última.

Poucos dias depois, em 3 de outubro, Tito foi internado numa clínica psiquiátrica pela primeira vez. A partir desse ponto, seu estado alternaria momentos de euforia e paz de espírito com crises alucinatórias. A estratégia de tratamento mesclava o uso de fármacos com sessões de psicoterapia. Os longos períodos de prostração com o olhar perdido nunca o abandonaram.

No verão de 1974, os médicos julgaram positiva uma viagem de acampamento na região dos Alpes com Daniel Beghin, um dos poucos amigos que Tito fizera em Paris. Foi um período de breve felicidade para ele, que em seguida alugou um quarto numa residência para trabalhadores estrangeiros em Villefranche-sur-Saône, a cerca de trinta quilômetros do convento. No início de agosto, Xavier visitou-o e o encontrou trabalhando na horta da propriedade. Despediu-se animado, querendo acreditar que o amigo recuperava, aos poucos, alguma autonomia.

Uma semana depois, veio a notícia: Tito havia sido encontrado enforcado num álamo, junto a um aterro sanitário.

Ao arrumar os pertences do amigo, Xavier encontrou um marcador de páginas, no qual Tito escrevera: "É melhor morrer que perder a vida".

4h08
Fernanda, Ernesto, Tomás e Juliette

– NO MINISTÉRIO DO Interior – diz Juliette –, eu não consegui nenhuma informação sobre o paradeiro do Héctor. Disseram que tinham apenas seu registro de entrada, mas não acreditei muito nisso.
– Por que não? – pergunta Ernesto.
– Era sabido que muitos exilados eram monitorados pela inteligência francesa, e eles não iam admitir algo assim. Ao mesmo tempo, era improvável que o Héctor fosse um alvo prioritário, como eram, por exemplo, o presidente da UNE ou políticos cassados que podiam estar articulando ações a partir do território francês.
– Ou seja, ele era peixe pequeno pra eles.
– Baseada no pouco que eu sabia do Héctor naquele momento, eu achava que a inteligência francesa podia se interessar por ele apenas por dois motivos: investigar uma possível ligação entre a guerrilha brasileira e os tupamaros; e apurar se ele estava envolvido na campanha internacional de denúncias de tortura e assassinato que incomodava bastante o governo brasileiro naquele momento.
– Você teve alguma prova de que ele estava sob vigilância?
– Nunca consegui confirmar isso. Mas havia entre os exilados a consciência de que era necessário ficar atento. As únicas fontes confiáveis de notícias do Brasil eram militantes que chegavam

à França ou familiares que vinham de visita. Só contato pessoal. Cartas e telefonemas não eram seguros.

— Talvez houvesse — diz Tomás, reticente — um pouco de paranoia nisso tudo.

— Era real, *monsieur*. Depois da anistia, muitos militantes que retornaram ao Brasil conseguiram acesso legal às suas fichas no Dops e encontraram fotos deles próprios em cafés e bistrôs pela cidade; ou visitando partidos políticos, frequentando órgãos de imprensa... Havia monitoramento, não há dúvida disso.

— Como não ser paranoico com perseguição depois do que essas pessoas tinham sofrido? — pergunta Fernanda. Olha para Ernesto e Tomás: — Vocês sabem bem da minha obsessão com portas e janelas trancadas...

— Houve um caso que ficou famoso — diz Juliette. — Espalhou-se pela comunidade brasileira a informação de que havia um telefone público numa rua dos Champs-Elysées de onde era possível falar de graça com o Brasil. Era uma cena pitoresca: formavam-se filas para usar aquele aparelho enquanto as cabines telefônicas em volta ficavam abandonadas. Tempos depois, soube-se que esse telefone era grampeado pela inteligência francesa. Não era coincidência que ficasse perto da agência da Varig, aonde muitos exilados iam com frequência para ler jornais brasileiros com alguns dias de atraso.

— Vamos voltar ao Héctor, por favor — diz Ernesto.

— Sim, perdão. Eu percebi que o Ministério não ia me ajudar a localizá-lo. Resolvi então procurar organizações humanitárias e de direitos humanos que eu já conhecia de outras pesquisas. Uma delas era o OFPRA — o Ofício Francês de Proteção aos Refugiados e Apátridas —, o mesmo órgão que havia acolhido frei Magno. Foi um golpe de sorte. Foram eles que conseguiram um apartamento e um emprego para Héctor. Me contaram da dificuldade de achar alojamento para ele, já que a maioria dos prédios de baixo aluguel em Paris não tem elevador. O Héctor precisava de um apartamento

rez-de-chaussée... quer dizer, no térreo, para os períodos de crise, quando precisava de cadeira de rodas para se movimentar.
– Ele morava de forma digna? – pergunta Fernanda.
– Sim, num pequeno apartamento nos fundos de um prédio subsidiado pela prefeitura na Rue Ernest Psichari, perto da Avenue de la Motte-Picquet. Era um espaço apertado, mas acolhedor. Muitos asilados só conseguiam alojamento nos *banlieues*... nos subúrbios, às vezes em bairros onde tinham que conviver com tensão racial e violência policial.
– E o emprego?
– Esse foi realmente um enorme golpe de sorte para o Héctor. O OFPRA conseguiu pra ele uma posição na Maison de l'Amérique Latine, um centro respeitadíssimo ligado à cultura latino-americana no Boulevard Saint-Germain. É famoso por organizar exposições, cursos, conferências, debates sobre tudo o que se refere à América Latina. O Héctor, com formação universitária em dois países, conhecedor de cultura brasileira e latina, fluente em português e espanhol...
– Não se esqueça do portunhol – acrescenta Fernanda com um sorriso.
– Sim – Juliette retribui o sorriso –, também em dialetos fronteiriços. Enfim, o Héctor tinha qualificações perfeitas. Além disso, era possível vencer a distância entre a Maison e o seu apartamento, no 7º Arrondissement, sem necessidade de transporte público. Nos dias bons, ele conseguia ir caminhando de um lugar a outro – de bengala, naturalmente.
– Qual foi a reação dele quando você o procurou? – pergunta Ernesto.
– Quando eu o conheci, no final de maio de 74, ele estava organizando uma exposição sobre o escritor argentino Julio Cortázar, que se autoexilara em Paris havia mais de vinte anos. Héctor estava trabalhando na apresentação bilíngue do hall, selecionando textos, fotos e manuscritos a serem ampliados e

pendurados nas paredes, escolhendo os livros a serem dispostos em cada sala, revisando o catálogo... enfim, estava muito ocupado. Ao me apresentar, ele me tomou por alguém do OFPRA, mas quando eu disse que era pesquisadora e que o nome dele me tinha sido passado pelos freis dominicanos, ele se fechou completamente.

– Ele devia desconfiar de tudo e de todos – diz Ernesto.

– Exato. Disse que não tinha nada a dizer sobre qualquer assunto relativo ao Brasil e pediu que eu não voltasse mais lá.

– Você insistiu?

– Num primeiro momento, não.

– Não insistiu? Isso, sim, é algo surpreendente – comenta Tomás com ironia –, dada a amostra que estamos tendo da sua persistência.

Ernesto lança a Tomás um olhar pedindo que se contenha. Juliette ignora a interrupção e prossegue.

– Eu senti, Ernesto, que só conseguiria me aproximar do seu pai se fosse aos poucos. Me dei conta de que as cicatrizes dele eram muito mais profundas do que eu imaginava, tanto físicas quanto psicológicas. Resolvi esperar que a exposição do Cortázar fosse inaugurada, aguardei ainda um par de semanas, e então deixei para ele na Maison um resumo impresso das entrevistas que tinha feito em L'Arbresle. Eram umas quarenta páginas, com meu número de telefone caso ele quisesse me contatar. Eu sabia que ele ia reconhecer vários nomes nos relatos de frei Marc sobre o convento de Perdizes. Achei que isso ia amenizar a desconfiança dele comigo.

– Mas...? – pergunta Ernesto.

– Mas o efeito foi oposto. Aguardei vários dias até concluir que ele não ligaria. Quando voltei à Maison, ele foi ríspido comigo. Me disse que eu estava agindo de forma abusiva. Que aqueles fatos e pessoas tinham ficado para trás, e que eu não tinha o direito de constrangê-lo justamente quando ele estava tentando enterrar esse passado e reerguer sua vida.

Ernesto e Fernanda trocam um olhar desolado.

— E disse mais — segue Juliette. — Que tinha família no Brasil, e que minhas tentativas de mexer no passado dele podiam colocar vocês em risco. Que eu não tinha esse direito. Que se eu não parasse de procurá-lo, ele ia me denunciar à OFPRA por abuso de sua condição vulnerável de asilado.

— Nossa... — diz Fernanda.

— Eu também fui pega de surpresa com essa reação extrema dele. Resolvi então me afastar e tentar montar o pouco que eu sabia da história de Héctor Méndez pelos dominicanos exilados. Nessa época, moravam em Paris os freis Magno, Oswaldo, Ratton e Giorgio, a maioria deles vivendo no convento Saint-Jacques. Conversei com todos eles, fui formando uma ideia melhor dos tempos de Héctor na USP e seu interesse em linguística; do núcleo familiar incluindo vocês, Fernanda e Ernesto; da relutância dele em se juntar à ALN e participar de ações clandestinas. Mas havia muitas lacunas: nenhum dos religiosos sabia das circunstâncias da prisão dele no Araguaia, ou o que se passara com ele no Dops e no DOI-Codi. Não faziam ideia de como tinha escapado do Brasil ou de sua passagem pelo Chile. Esses eram fatos que só Héctor poderia esclarecer, se um dia quisesse fazê-lo — o que naquele momento parecia improvável.

Juliette suspira, retomando o fôlego.

— No final, acabou sendo uma tragédia que nos aproximou e fez com que Héctor começasse a se abrir comigo.

— Uma tragédia? — pergunta Fernanda.

— Sim. No verão de 74 eu ainda não tinha conseguido trocar mais que umas poucas palavras com ele, em dois encontros rápidos na Maison de l'Amérique Latine. Até que, no dia 8 de agosto, veio a notícia: frei Tito tinha cometido suicídio no Sul da França. Tinha 28 anos de idade. Quando eu soube, fui direto ao convento Saint-Jacques. O clima era de consternação geral. Muitos freis choravam de forma convulsiva. Todos se perguntavam se podiam ter feito alguma coisa para evitar aquele desfecho terrível.

Juliette tira da lateral da bolsa uma pequena caderneta de capa azul desbotada, bastante manuseada. Algumas páginas estão marcadas com minúsculas tiras adesivas. Ela escolhe uma delas.

– Na missa rezada alguns dias depois, na igreja do convento de La Tourette, frei Magno Vilela declarou – Juliette lê na caderneta: – *"Ele está em paz. Não sonhará mais com sua vida na prisão nem com os rostos infames de seus torturadores. Sua morte foi seu último gesto de resistência à opressão que pesou sobre ele: morreu no exílio, banido pela ditadura que ele sempre combateu".*

O silêncio toma conta da sala. Juliette fecha a caderneta e retoma.

– Houve matérias sobre o suicídio de Tito em diversos jornais franceses. A comunidade brasileira se mobilizou para dar a maior visibilidade possível à sua perda trágica, à tortura que se praticava no Brasil, às centenas de mortos pela ditadura, à omissão e cumplicidade de países supostamente comprometidos com direitos humanos.

– A proverbial *merde* foi jogada no ventilador – diz Tomás.

– Não era pra menos – diz Fernanda.

– Passados alguns dias – segue Juliette –, para minha surpresa, recebo um telefonema do Héctor. Queria conversar comigo num café do Boulevard Saint-Germain.

– A morte de Tito mexeu com ele – conclui Ernesto.

– *Oui*, Ernesto, estou convencida disso. Foi como se Héctor se desse conta de que, se sua história não fosse contada, ele corria o risco de desaparecer sem deixar rastros. De virar pó, varrido com a sujeira da história. Mais que tudo, sentia que devia a vocês dois a verdade dele, sem distorções ou interpretações de quem quer que fosse. Foi aí que começaram as nossas conversas, nosso convívio mais próximo e também – aponta para os volumes no colo de Ernesto – a escrita de boa parte dos cadernos que você tem agora nas mãos.

NO CONTO "CASA tomada", um dos favoritos de Héctor, Julio Cortázar narra a história de dois irmãos solteiros que vivem recolhidos numa ampla casa ("oito pessoas poderiam morar nela, sem incomodar-se"), isentos de maiores preocupações além de cozinhar e manter limpos os vários ambientes do imóvel herdado dos pais. Ela se dedica ao tricô, ele tem um vago interesse em filatelia e literatura francesa. Um dia, tudo muda:

> Recordarei sempre nitidamente porque foi simples e sem circunstâncias inúteis. Irene estava tricotando em seu quarto, eram oito da noite e, de repente, eu me lembrei de levar a chaleira do mate ao fogo. Fui pelo corredor até chegar à porta de carvalho, que estava entreaberta, e dava a volta ao cotovelo que levava à cozinha quando ouvi alguma coisa na sala de jantar ou na biblioteca. O som vinha impreciso e surdo, como o tombar de uma cadeira sobre o tapete ou um abafado murmúrio de conversação. E o ouvi, também, ao mesmo tempo ou um segundo depois, no fundo do corredor que vinha daquelas peças até a porta.
> Atirei-me contra a porta antes que fosse demasiado tarde, fechei-a violentamente, apoiando meu corpo; felizmente a chave estava do nosso lado e, além disso, passei nessa porta o grande ferrolho para maior segurança.

Fui então à cozinha, fervi a água da chaleira e, quando voltei com a bandeja do mate, disse a Irene: – Tive que fechar a porta do corredor. Tomaram a parte dos fundos.
Deixou cair o tricô e me olhou com os seus graves olhos cansados.
– Você tem certeza?
Disse que sim.
– Então – disse, recolhendo as agulhas – teremos que viver neste lado.

Pouco se altera na rotina dos irmãos, salvo a falta que fazem certos objetos, pelos quais tinham afeição (livros, um cachimbo, um par de chinelos) e que ficaram na parte tomada da casa. Jamais se perguntam quem são os invasores (existem mesmo?), resignam-se a aceitar viver na casa reduzida, que dá menos trabalho para limpar e assim lhes proporciona mais tempo para o tricô e a filatelia.

Passávamos bem, e pouco a pouco começávamos a não pensar. Pode-se viver sem pensar. Quando Irene sonhava em voz alta, eu acordava imediatamente. Nunca pude me habituar a essa voz de estátua ou papagaio, voz que vem dos sonhos e não da garganta.

Até que um dia voltam a ouvir ruídos e concluem que não há saída: devem abandonar a casa:

Nem sequer nos olhamos. Apertei o braço de Irene e a fiz correr comigo até a porta, sem olhar para trás. Os ruídos ficavam mais fortes, mas sempre abafados, às nossas costas. Fechei de um golpe a porta e ficamos no saguão. Não se ouvia nada agora.
– Tomaram esta parte – disse Irene. O tricô descia de suas mãos e os fios iam até a porta e se perdiam por debaixo dela. Quando viu que os novelos tinham ficado do outro lado, ela largou o tricô sem ao menos olhá-lo.
– Você teve tempo de trazer alguma coisa? – perguntei-lhe inutilmente.
– Não, nada.

Ao se verem na rua, não ocorre aos irmãos tomar qualquer providência. Não acionam as autoridades, não tomam medidas para retomar a casa. Sua existência isolada e pacata havia germinado neles a cepa do conformismo, tornando-os avessos a questionamentos e confrontações. No final do conto, fechada a porta pelo lado de fora, a chave é jogada num bueiro. Os irmãos não temem por si. Seu receio é que algum desavisado tente entrar na casa e a encontre tomada.

***

Quando permitiu que Juliette se inserisse em sua vida, Héctor não conseguia deixar de pensar nesse conto. No fim do verão de 1974, a exposição sobre Cortázar na Maison de l'Amérique Latine estava prestes a ser desmontada. Ao longo de toda a mostra, um dos itens mais admirados era um exemplar de "Casa tomada" em que as páginas continham plantas com os cômodos da casa reconstituídos a partir da narrativa. Fragmentos do texto iam ocupando progressivamente os ambientes, num exercício de metalinguagem literária.

"Casa tomada", escrito em 1946, foi publicado no ano seguinte na revista portenha Los Anales, cujo secretário era Jorge Luis Borges. Após a publicação, choveram interpretações sobre quem seriam os "invasores" (reais ou imaginados) da casa: forças populares ligadas ao peronismo? Grupos militaristas que se movimentavam nas sombras? Não eram questões que interessavam a Cortázar, ou a que ele se preocupasse em responder. Héctor, de sua parte, relia o conto à luz de sua própria história.

Antes da chegada de Juliette, Héctor havia feito, como os irmãos da casa, a opção de se isolar de quaisquer ruídos potencialmente malignos que pudessem ameaçar a recém-conquistada estabilidade de seu cotidiano. Convencera-se de que, para sua recuperação física e emocional, e principalmente para a segurança de Fernanda e Ernesto, ele devia se distanciar tanto quanto possível da sanha

desumana que continuava a assolar os países sul-americanos. Uruguai, Brasil e Chile, três territórios distantes a que um dia chamara de lar, uniam-se agora em operações conjuntas – e clandestinas – que caçavam "inimigos do regime".
Ao contrário da maioria dos asilados, Héctor não buscava contato com refugiados em situação semelhante à sua. Eram conhecidos os cafés e pontos de encontro onde a comunidade brasileira se reunia para trocar informações ou garimpar notícias frescas sobre o país, mas ele, de caso pensado, se recusava a frequentá-los. Sabia também que alguns dos frades dominicanos com quem convivera no convento de Perdizes moravam no convento Saint-Jacques, no 13º Arrondissement, mas jamais os tinha visitado. Era inevitável, no entanto, que notícias sobre a resistência à ditadura no Brasil acabassem chegando aos seus ouvidos no seu ambiente de trabalho, no centro de cultura latina. Seus colegas já haviam se acostumado com seu mutismo e recusa em participar de discussões políticas na cafeteria da Maison. Porém, numa tarde cinzenta de agosto, tudo mudou. Os companheiros reunidos para o almoço testemunharam a reação de Héctor a uma notícia estampada no canto superior da primeira página da edição do Libération deixada sobre a mesa: "Frère brésilien, torturé par la dictature militaire, se suicide en France". Viram quando Héctor leu a manchete e se deixou cair pesadamente numa cadeira para averiguar o restante da matéria. Apoiou a cabeça nos braços cruzados sobre a mesa e sucumbiu a um choro convulsivo. Impediu com um gesto que seus colegas o amparassem. Muniu-se de sua bengala e deixou a Maison sem explicações.
Chegando ao convento Saint-Jacques, Héctor deparou com o clima de consternação que esperava encontrar. Uma missa para Tito estava sendo rezada, e ele se posicionou ao fundo da capela. Deixou-se transportar ao passado, aos tempos em que se juntava a Oswaldo, Ricardo, Augusto, Ratton, Magno e àquele cearense irrequieto em eternas discussões sobre estratégias de resistência

e sobre os deveres e limites que os votos religiosos impunham na luta contra o autoritarismo.

Subitamente, sentiu uma mão sobre seu ombro. Era Magno. Tinha as feições devastadas, como se nenhum vestígio de energia restasse em seu corpo exaurido. Reparou na bengala de Héctor apoiada no banco, mas nada comentou. Os dois se abraçaram e deixaram que as lágrimas unissem seus rostos. Trocaram poucas palavras, ambos convictos de que não passariam de supérfluas e irrelevantes.

No final da missa, saíram à rua. Héctor já ia se despedindo, quando Magno perguntou:

– E aquela francesa, te procurou?

– Francesa? – Héctor demorou alguns segundos para se dar conta da pessoa a quem o amigo se referia.

– Juliette, acho que ela se chama.

– Sim, nos conhecemos.

– Me pareceu séria. Quer saber dos nossos tempos de Perdizes. Ela esteve no convento de L'Arbresle, antes de Tito partir.

Héctor assentiu, agradecido. Acenou ao amigo com a bengala e tomou o caminho de Saint-Germain-des-Prés.

No dia seguinte, ligou para o telefone que Juliette havia deixado junto ao resumo das entrevistas que tinha feito com frère Marc Jouillet em L'Arbresle. O primeiro encontro, num café do Boulevard Saint-Germain, foi truncado, hesitante, já que Héctor procurava entender os propósitos reais daquela suposta pesquisadora. Haveria interesses ocultos naquele contato? A princípio achou estranho o interesse da francesa pelo movimento estudantil e pelas organizações de resistência armada à ditadura brasileira. Sua tese, segundo ela própria, era sobre a reação das potências colonialistas aos movimentos libertários latino-americanos. Era algo que para Héctor fazia sentido nas guerras de independência contra o Império espanhol, mas não se aplicava ao Brasil, cuja independência não fora marcada pelas guerras sangrentas que ocorreram nas demais nações sul-americanas.

Pacientemente, ao longo de vários encontros, Juliette foi lhe explicando que o conceito de colonialismo utilizado em sua tese era amplo, e não se extinguia com a assinatura da declaração de independência das ex-colônias. Seu trabalho ia além desse recorte histórico e analisava o colonialismo político e econômico a que as nações do continente latino-americano continuaram a ser submetidas após sua independência formal; ampliava o conceito de resistência até os tempos atuais, em que, segundo ela, potências imperialistas continuavam a colonizar nações latino-americanas mediante interferência política e pressão econômica. Juliette via a América Latina como vítima secular de um sistema opressor que contava com a cumplicidade local das Forças Armadas, da classe política e das elites. Os movimentos de reação à submissão aos interesses estrangeiros – em detrimento dos interesses da população local – eram o assunto central de sua tese.

Aos poucos, os contornos do trabalho de Juliette e a transparência de seus propósitos foram conquistando a confiança de Héctor. Com o passar dos meses, a relação entre ambos evoluiu da interação pesquisadora/entrevistado para uma conexão de amizade, em que ambos se sentiam cada vez mais seguros no compartilhamento de experiências pessoais. Os encontros foram ficando mais frequentes, até que se tornasse raro não se verem ao menos uma vez por semana.

À medida que conhecia melhor a história de Héctor, o interesse de Juliette se estendeu aos tempos que antecederam sua partida do Uruguai com destino ao Brasil. Mostrava-se fascinada pela cultura fronteiriça que ele descrevia em detalhes. Era um assunto desconhecido para ela, que admirava a resiliência daquelas comunidades espremidas entre duas culturas e duas línguas, que se recusavam a abrir mão de seu jeito insubmisso – e um tanto irreverente – de levar a vida.

Juliette sabia, no entanto, que havia um assunto tabu, que tinha o potencial de desestabilizar Héctor e colocar em risco a crescente *relação de confiança entre ambos: a segurança de Fernanda e Ernesto.* Era difícil para ela, com seu perfil investigativo, entender a recusa terminal de Héctor em procurar saber o paradeiro de sua mulher e filho no Brasil. Juliette tinha ciência de que, naquela metade dos anos 1970, ainda eram fortes as dúvidas sobre a extensão dos tentáculos da ditadura brasileira na caça a inimigos do regime asilados no exterior. Haveria realmente agentes a serviço da repressão circulando por Paris? Eram reais as informações sobre o monitoramento de alvos prioritários do regime militar? O que havia de verdade nos relatos de vigilância velada de embaixadas e órgãos de imprensa frequentados por exilados?

A mera menção ao assunto deixava Héctor em estado de pânico. Mesmo circulando pouco por Paris, era inevitável que ele cruzasse com outros brasileiros sob proteção do governo francês. Um desses encontros casuais foi com Jean-Marc von der Weid, presidente da UNE que Héctor conhecera em Santiago e que havia partido do Brasil para o Chile com Tito de Alencar no "voo dos setenta". Jean-Marc lhe garantiu que flagrara um agente tirando fotos suas na Place du Châtelet. Não tinha dúvidas de que era observado e recomendou a Héctor cautela máxima.

Após um longo período de cuidadosa insistência, Juliette começou a convencer Héctor de que havia formas seguras de buscar informações sobre o que se passava com sua família. Seguiam morando em São Paulo? Tinham reconstruído suas vidas? Em que bases? Sabiam do destino de Héctor após seu mergulho na clandestinidade? Teriam sido informados sobre sua prisão no Araguaia, sua tortura no DOI-Codi, sua passagem pelo Chile e exílio em Paris?

À medida que os meses transcorriam, Juliette tentava convencer Héctor, de forma cada vez mais incisiva, que era possível conseguir respostas a várias dessas perguntas de forma furtiva, sem que ele se envolvesse diretamente, sem envolver canais oficiais do governo brasileiro na França e, portanto, sem correr grandes riscos, tanto para si quanto para sua mulher e filho. O estratagema concebido *por Juliette envolvia a ajuda de um colega francês, Michel Gagnon, que cursava pós-graduação em letras na Pontifícia Universidade Católica, em São Paulo. Sem qualquer ligação com Héctor – ou com quaisquer exilados brasileiros na França –, seria virtualmente impossível que ele levantasse suspeitas ao buscar informações sobre o paradeiro de certa Fernanda Barros Méndez, autora de um obscuro artigo publicado na USP que lhe interessava. Depois de muito relutar, Héctor concordou e o plano foi posto em ação.*

Não demorou para que Juliette percebesse que as esperanças que depositava na investigação do colega seriam frustradas. Michel havia começado a busca pelas fontes óbvias – cadastros oficiais, listas telefônicas, arquivos da Previdência Social e da Receita Federal. Nada constava no nome de Fernanda Barros Méndez ou Fernanda Délia Barros. A procura se estendeu então pelos cartórios de títulos e documentos, Justiça do Trabalho, registro civil e atas de processos judiciais na comarca de São Paulo. A busca passou a incluir também o nome de Ernesto. Após meses de trabalho, em que Michel alternava suas obrigações acadêmicas com a lida de investigador particular, nenhum resultado: era como se ambos nunca tivessem existido.

– Para ir mais fundo – disse Michel a Juliette –, são necessárias ordens judiciais. Isso nos daria acesso a seguradoras e instituições de crédito. Mas para isso precisamos de advogados. E de verba.

Juliette levou essa possibilidade a Héctor, que a descartou de forma definitiva. Não admitia a hipótese de que houvesse qualquer registro formal ou informal da busca que empreendiam.

Como último recurso, Juliette pediu a Héctor autorização para que Michel viajasse a Teófilo Otoni em busca de informações junto à família de Fernanda. Algum parente haveria de ter ouvido do paradeiro dela e de Ernesto. Héctor igualmente se opôs. Não queria envolver a família Barros – que pouco conhecera – em nada que se relacionasse à repressão. Achava improvável que o núcleo mineiro da família soubesse da extensão do envolvimento de Fernanda na luta política, muito menos de seu refúgio na clandestinidade. Temia que, por mais discreto que Michel fosse, a simples presença de um acadêmico francês fazendo perguntas na cidade poderia gerar rumores que chegassem aos ouvidos errados.

***

O sol já se punha quando Juliette se despediu de Héctor na porta do prédio da Rue Ernest Psichari. Seu estado de frustração com a negativa de Héctor em aprofundar as investigações no Brasil era extremo. Dirigiu-se a passos rápidos para a estação de metrô mais próxima, École Militaire. Chegando a seu apartamento, pôs-se imediatamente a arrastar a modesta mobília da sala, encostando os móveis contra as paredes. Começou então a espalhar sobre o piso da sala dezenas de pastas com material sobre o governo militar brasileiro, parte da documentação levantada para sua tese sobre ditaduras latino-americanas que ela mantinha organizada em prateleiras da sala de estar.

Seus colegas de faculdade já haviam se acostumado a ver Juliette naquele estado febril: transformava-se em uma pilha de energia, olhar intenso e concentração absoluta na tarefa à mão. Em seu aniversário, alguns anos antes, tinham-na presenteado com uma sacola de couro que trazia impressa em alto relevo, junto ao fecho, o símbolo estilizado da mandíbula de um mastim, seu apelido na escola ("mastiff"). Era a forma bem-humorada que encontraram para representar a forma obsessiva com que Juliette cravava seus dentes nos temas de investigação em que decidia mergulhar. Até se convencer de que o assunto havia sido dissecado de forma minuciosa e completa, não havia nada que a fizesse relaxar sua mordida.

O piso da sala ficou tomado por dezenas de pastas plastificadas cujas etiquetas de identificação incluíam "Governo Jango", "Golpe 1964", "Cúpula Militar 1964-1967", "Cúpula Militar 1967-1969", "Cúpula Militar 1969-1974", "PCB/PCdoB", "Marighella", "Lamarca",

"Organizações Guerrilheiras", "Sequestros de Embaixadores", "Ordem Dominicana", "Oban/Fleury/Boilesen", "DOI-Codis", "Dops", "Presídio Tiradentes", "Tito de Alencar", entre várias outras. Junto à janela, Juliette ergueu um cavalete com uma superfície magnética, usado para afixar lembretes e traçar conexões entre nomes e fatos com canetas hidrográficas.

A madrugada já avançava quando Juliette se mostrou satisfeita com a disposição das peças do seu espaço investigativo. Tomou um banho e preparou algo para comer na pequena cozinha do apartamento.

Retornando à sala, voltou sua atenção para as pastas que tinham conexão direta com seu novo foco de investigação: a caçada a Héctor Méndez.

4h57
Fernanda, Ernesto, Tomás e Juliette

– ESSA PESQUISA SUA e do seu colega no Brasil começou quando? – pergunta Ernesto a Juliette.
– O Michel começou a trabalhar, efetivamente, a partir do segundo semestre de 76.
– Dá para entender por que vocês não nos acharam – diz Fernanda. – Naquela altura, nós já tínhamos mudado de nome, de endereço...
– E até de cidade – completa Ernesto. – Em 75 nós nos mudamos para um condomínio em Alphaville onde o Tomás tinha uma casa. Lá é outro município: Barueri.
– Isso com certeza não facilitou a nossa busca – diz Juliette, voltando-se em seguida para Fernanda. – Desde quando vocês estão neste apartamento?
– Faz dois anos – responde Fernanda.
– E estão casados há quanto tempo?
– Junho de 76. Sete anos e meio atrás.
– Como conseguiram se casar, com o Héctor ainda vivo?
Tomás se adianta e responde:
– Com o destino incerto de Héctor e a ausência de contato por anos a fio, o juiz assinou uma declaração de ausência definitiva. Não seria justo privar indefinidamente a Fernanda de uma situação conjugal estável.

– Ou seja – diz Juliette para Fernanda –, seu nome então é Fernanda Machado desde 1976?
– Sim.
– E o Ernesto também adotou o sobrenome Machado nesse mesmo ano?
– O Tomás achou melhor assim – responde Fernanda.
– Por razões de segurança – explica Tomás. – Era um risco pros dois continuar com o sobrenome dele.
– Entendo – diz Juliette. – De qualquer maneira, Michel e eu ficamos surpresos com a ausência completa de qualquer registro nos nomes de Fernanda ou Ernesto Méndez a partir de 1971.
– Que tipo de registro vocês achavam que iam encontrar? – pergunta Tomás.
– Qualquer documento ou apontamento, por mais insignificante que fosse: um recolhimento à Previdência social, o registro trabalhista de Fernanda como funcionária na editora, a matrícula escolar do Ernesto, um contrato de aluguel registrado em cartório... nada. Não encontramos nenhum vestígio dos dois a partir do momento em que vocês deixaram a casa na vila da rua...
– Frederico Abranches – completa Ernesto.
– Sim, *merci*, Ernesto. É como se vocês tivessem... como se diz?... se *esvanecido*. A falta de informações dos dois era tão completa que o Héctor começou a se convencer de que talvez vocês não quisessem ser encontrados. Achava possível que vocês tivessem decidido se livrar do peso do nome Méndez, e tinham deliberadamente eliminado quaisquer indícios de um passado que podia trazer riscos. Ele estava se conformando com isso.
– Mas você, em contrapartida – diz Tomás, incisivo –, não teve o menor escrúpulo em revirar a nossa vida e vir atrás de nós. Mesmo que isso contrariasse os desejos dele.
– O que *monsieur* pode saber dos desejos dele?
– Está óbvio que o Héctor queria que Fernanda e Ernesto pudessem seguir em frente em vez de ficar remoendo o que tinha ficado pra trás. Você mesma disse que ele já estava aceitando isso.

– À medida que o tempo passava e não havia informações, ele foi realmente desanimando. Mais tarde, quando a situação de saúde dele se agravou, o desejo de Héctor de reencontrar Fernanda e Ernesto foi substituído por outro, que ele julgava mais realista: queria que seus escritos chegassem às mãos deles.

Ernesto pousa as mãos sobre os cadernos em seu colo. Juliette completa:

– Foi essa a missão a que eu me dediquei desde o momento em que ele se foi.

– Mas tem algo que eu ainda não entendo – interrompe Ernesto. – Quando foi decretada a anistia, por que meu pai não voltou? Por que não veio pessoalmente nos procurar?

– O capítulo da anistia é outro cheio de mistérios na história do teu pai, Ernesto.

A PROXIMIDADE DA decretação da Lei da Anistia deixou a comunidade brasileira de exilados em estado de excitação máxima. Desde 1978, haviam se formado no Brasil múltiplos comitês que reuniam esposas, filhos, mães e amigos de presos políticos para defender uma anistia ampla, geral e irrestrita a todos os brasileiros cujos direitos haviam sido cassados pela repressão. Em junho de 1979, o governo Figueiredo encaminhou ao Congresso Nacional o seu projeto, que excluía do benefício apenas os condenados por atentados terroristas e crimes de morte e favorecia militares e agentes da repressão responsabilizados por prática de tortura.

Enquanto acompanhavam apreensivos a série de atentados cometidos no Brasil pelas alas radicais do Exército que se opunham à anistia e à abertura política, os exilados começaram a lotar as salas de espera de embaixadas e consulados à procura de informações sobre a documentação necessária para garantir o embarque seguro ao Brasil, uma vez promulgada a lei (o que só aconteceria em agosto de 1979). Os que dispunham de passaporte ou documentos apropriados já davam o retorno como certo e se debruçavam sobre outras questões: que reparações poderiam esperar do governo brasileiro? Servidores públicos seriam reintegrados ao serviço? O tempo decorrido fora do emprego contaria para fins de aposentadoria? Servidores militares poderiam voltar à ativa ou seriam compulsoriamente transferidos à reserva? Os que haviam sido demitidos de empresas privadas teriam direito garantido à readmissão? Poderiam reivindicar os cargos e a remuneração que tinham antes da ausência forçada? Como ficavam as obrigações não cumpridas junto ao serviço militar ou à Justiça Eleitoral?

Héctor, como muitos outros, saíra do Brasil sem passaporte, munido apenas de papéis de salvo-conduto e declarações do status de refugiado político emitidos pelas nações que lhe haviam dado abrigo. Esses exilados formavam um grupo que sabia que a chance de conseguir a emissão de um novo passaporte pelas embaixadas brasileiras era considerada virtualmente nula. Tinham de se agarrar a quaisquer registros e documentos, por mais frágeis e questionáveis que fossem, para tentar conseguir da burocracia brasileira autorizações que permitissem o embarque nos países do exílio e a recepção segura no Brasil.

Juliette esperava que o estado de desânimo que tomava conta de Héctor desde o fracasso dos esforços para localizar Fernanda e Ernesto seria revertido com a perspectiva de retorno ao Brasil, livre da perseguição e violência que haviam devastado sua vida.

Estava enganada.

Quando a comunidade brasileira começou a viver a febre das providências para o retorno, o contraste entre a esperança dos compatriotas e a prostração de Héctor ficou evidente. Não era difícil para Juliette entender a magnitude das dúvidas que o atormentavam envolvendo o assunto do retorno. Héctor tinha plena consciência das dificuldades que enfrentaria para localizar Fernanda e Ernesto; caso os encontrasse, sua fragilidade física e a incerteza sobre sua recolocação profissional fariam dele um fardo pesado; e acima de tudo – mesmo que não o admitisse de forma explícita a Juliette – temia que sua reaparição desestabilizasse o arranjo de sobrevivência que, supunha, ambos deviam ter construído a duras penas.

A todas essas questões, somou-se outra, inesperada: a dificuldade de Héctor em conseguir a documentação para se beneficiar *da Lei da Anistia e retornar ao Brasil. Juliette o convencera a iniciar os trâmites de repatriação, argumentando que podia decidir no futuro o momento apropriado de deixar a França – ou mesmo optar por ficar. Mas era importante dispor dos papéis oficiais necessários a qualquer tempo, para que a decisão de retorno ficasse em suas mãos, e não nas do governo brasileiro.*

Desde o início dos trâmites, no entanto, ia ficando claro que algo estava errado com o processo de Héctor. Enquanto o processamento dos pedidos de exilados em condição semelhante à dele era resolvido em questão de semanas, as demandas de Héctor junto à embaixada não avançavam. Decorridos vários meses, surgiu uma primeira informação: havia dúvidas sobre a participação de Héctor em ataques às Forças Armadas na região do Araguaia, que haviam resultado na morte de dois soldados – ocorrência que, se confirmada, o desqualificaria como beneficiário da Lei de Anistia. Além de falsa, essa alegação jamais havia sido levantada ao longo do processo de exílio processado pelas autoridades francesas. Para piorar, os funcionários da embaixada não sabiam informar se a questão estava sob análise no Ministério do Exército ou no da Justiça.

Juliette convenceu Héctor de que deviam contestar essa imputação. Estava segura de que, se nada fosse feito, o impasse se arrastaria por meses, possivelmente por anos. Fez valer contatos que tinha na Faculdade de Direito da universidade que frequentava para encaminhar uma representação legal em nome de Héctor com um pedido oficial de informações sobre o caso. Depois de muita pressão e inúmeros ofícios dirigidos à chancelaria brasileira, o governo brasileiro finalmente reconheceu que nada constava contra Héctor Méndez acerca de crimes resultantes em morte durante ações de resistência ao regime. Nove meses haviam sido desperdiçados até que essa resposta lacônica fosse oferecida; desde o requerimento inicial de anistia protocolado por Héctor, um ano e meio havia se passado.

Corria o ano de 1981 e a grande maioria dos exilados já voltara ao Brasil quando Héctor recebeu nova correspondência da Polícia Federal brasileira declarando que fora identificada uma irregularidade no processo em que lhe fora concedida a cidadania brasileira. Os funcionários da embaixada, com a frieza habitual, diziam não possuir maiores detalhes sobre a pendência, que estaria sendo, segundo eles, analisada em Brasília. Não restava a Héctor outra alternativa além de esperar.

Certa tarde, após mais uma das inúteis visitas à embaixada em busca de informações, Héctor reclamou que as dores nas pernas estavam no limite do suportável e pediu a Juliette que descansassem num café da Rue du Faubourg Saint-Honoré. Após um longo silêncio, desabafou:

– Eu sempre gostei do Brasil. Mas cheguei a uma conclusão: o Brasil não gosta de mim. Nunca gostou. Me perseguiu injustamente, me agrediu de forma covarde, arrancou de mim as pessoas que mais amo. Às vezes me pergunto se devo mesmo voltar a pôr os pés numa terra que parece intenta em querer o meu fim.

AMANHECE

5h12
Fernanda, Ernesto, Tomás e Juliette

– **A MANIFESTAÇÃO OFICIAL** das autoridades brasileiras de que não havia irregularidades na concessão de cidadania a Héctor demorou muitos meses para ser expedida – diz Juliette. – Quando chegou, no final do primeiro semestre de 1982, Héctor estava hospitalizado, em meio à mais severa crise de saúde que sofrera desde que chegara à França. As fraturas mal consolidadas e a osteomielite crônica cobravam um preço terrível do seu organismo.

– Quanto sofrimento... – diz Fernanda, baixando a cabeça e cruzando os dedos das mãos.

– Ele já corria risco de morte nesse momento? – pergunta Ernesto.

– O risco de morte sempre existira, desde o fim da tortura – explica a francesa. – Nos tempos de Héctor no Chile, os médicos já lutavam contra infecções recorrentes e o risco da produção de coágulos, que poderiam ser fatais. Em Paris, as internações foram se tornando cada vez mais frequentes até que, no ano passado, a batalha foi perdida.

O silêncio domina a sala. Ernesto tem aberta em seu colo uma das últimas páginas dos cadernos. Respira fundo e lê:

Dizem, Fernanda e Ernesto, que há um lugar onde ficam guardados todos os sonhos não realizados, esperando que sejam resgatados e virem realidade. Se isso é verdade, lá deve estar o sonho do futuro que imaginamos. Da trilha que percorreríamos juntos. Do mundo justo e fraterno que julgávamos possível.

Seria fácil me recriminar por ter jogado fora a promessa de tanta felicidade. Muitas vezes caio na armadilha de pensar assim. Mas é falso querer julgar o caminho que decidimos seguir quando o mundo era outro. Nós éramos outros. Mesmo nossa definição de felicidade era outra.

Escrevi em algum lugar que a memória, quando colocada no papel, parece ser mais fácil de suportar. Hoje tenho dúvidas se isso é verdade. A dor que hoje me oprime é maior que a dor da tortura ou da injustiça. É a dor do vazio. A dor do que não foi.

Há quem diga que os covardes morrem muitas vezes, e os valentes apenas uma. Devo ser então um covarde, pois morri quando perdi vocês; morri novamente quando vi na tortura a face do desumano; morri ainda outra vez quando me dei conta de que meu exílio era definitivo; e morro de novo agora, quando meu corpo já não tem forças para reagir. Mesmo sentindo que meu fôlego se esvai, sigo embalado por sonhos. Meu "sueño" atual, quando já me restam poucas forças, é que vocês tenham a sabedoria para valorizar os bons momentos que nos é dado viver – não serão muitos, acreditem. Que se resignem a construir vossa felicidade a partir de relances fortuitos, efêmeros. Uma felicidade menos ambiciosa, feita de momentos fugazes, mas possíveis.

Talvez em algum desses momentos haja um canto onde caiba, intrometida, uma singela memória do que fomos nós três.

Ernesto fecha os cadernos e fica com a cabeça baixa. Nada é dito por vários segundos. É Juliette que quebra o silêncio.

– Quando escreveu isso – diz ela –, ele já sabia que lhe restavam poucos dias.

Ernesto segue com as mãos pousadas sobre os cadernos:

– E assim ele se foi. E o que ficou? Qual é o grande legado de Héctor Méndez? Um homem cheio de poesia e boas intenções... Um nome, nada mais que um nome nestas folhas de papel.

– Fica um legado, sim – diz Fernanda. – Fica...
– Que não seja o sonho, mãe. Tudo menos isso.
– Não. Eu ia dizer...
Fernanda desiste de terminar a frase. Tomás tenta consolá-la, mas ela permanece inerte.
– Que sede de violência é essa – diz Ernesto – que persegue uma pessoa e não se satisfaz até matá-la, dez anos depois?
Há uma pausa, interrompida por Tomás.
– Não há dúvida de que o nível de brutalidade que Héctor sofreu foi completamente desproporcional ao risco que ele representava ao regime. Muitos militantes como ele, que não pegaram em armas, acabaram pagando pela violência que a guerrilha cometeu.
– Qualquer violência do Estado contra alguém sob sua custódia é inaceitável, *monsieur* Tomás. Não importa o crime.
– Infelizmente, no mundo real, quando se trata de confronto armado, o que é ou não aceitável se torna algo nebuloso. É difícil julgar hoje, tantos anos depois, os excessos cometidos. Por ambas as partes.
Juliette se ajeita na cadeira, ficando de frente para Tomás.
– Por falar em excessos, *monsieur*, eu tenho uma curiosidade: o que foi feito daquele filho do funcionário da United Energy com quem o senhor trabalhava?
Tomás encara Juliette por alguns segundos antes de responder:
– E por que isso te interessa?
– Mera curiosidade de uma pesquisadora que tem paixão pelos detalhes.
– Até onde eu me lembro, o pai mandou o rapaz pra longe de São Paulo, morar com parentes em algum lugar onde não arrumasse encrenca.
– Foi uma benção para essa família que sua companhia tivesse tanto prestígio com a Oban, não? Afinal, não devia ser fácil

conseguir a libertação de dois prisioneiros – o filho do funcionário e o Héctor – praticamente um após o outro.

– Talvez você não tenha entendido. Não se tratou de prestígio, e sim de dinheiro.

– Sua companhia tinha outras ligações com a repressão? Com militares e policiais fora da Oban, quero dizer.

– Não que eu saiba.

– Mas pode ter tido. Talvez antes de o senhor voltar do Chile.

– Acho que não. Eu teria sabido.

Juliette retira sua bolsa a tiracolo do encosto da poltrona e começa a abrir os fechos. Junto a eles, marcado em alto relevo na aba de couro, o logotipo estilizado da mandíbula de um mastim.

Ela abre a aba da bolsa e começa a retirar papéis:

– Pois eu acho que teve. Aliás, não acho: afirmo que teve – estende uma folha de papel em direção a Tomás. – Esta é uma lista de empresas que, segundo a guerrilha, financiavam a tortura, começando pela Ultragaz e Camargo Corrêa. Foi encontrada com um dos membros do grupo que matou Boilesen.

Tomás não se interessa em pegar o papel. Ernesto pede para examinar.

– Os nomes dessas empresas – segue Juliette, entregando a folha a Ernesto – são exatamente os mesmos de uma outra lista – retira novo papel da bolsa – fornecida por um oficial do Exército brasileiro em 81, num depoimento sigiloso à Anistia Internacional.

Ernesto examina os dois papéis e encara Juliette, surpreso:

– Então...

– É muita coincidência as empresas serem as mesmas nas duas listas. A hipótese virou fato.

Ernesto se volta para Tomás, atônito:

– Tomás...

– Como eu disse – responde Tomás –, acho que não. Mas não tenho como saber tudo o que a companhia fez na minha ausência. Pode ser.

– Pode ser?! Tomás, você está me dizendo que a United Energy financiava esses animais?
– Eu disse que *pode ser*. Como é que eu vou saber com certeza, Ernesto? Você sabe muito bem que quando começou esse assunto de Oban, eu estava no Chile.
– Ah, Tomás! Não me faz de idiota! Você, da diretoria da empresa, e depois presidente da filial daqui, não ia saber? Ainda mais depois do tal caso do filho do funcionário? Claro que sabia! Como é que você...

Tomás reage, subitamente agressivo:
– Como é *o quê*, Ernesto? Você tem alguma ideia do que estava em jogo? Você acha mesmo, nessa tua santa ingenuidade, que empresas como a nossa iam deixar ir pelo ralo centenas de milhões de dólares de investimento? Assim? Sem mexer um dedo?
– Empresas como a sua...? – murmura Fernanda.
– Fernanda, meu amor, não caia de inocente nas hipóteses absurdas que essa mulher está tentando...
– Como absurdas, Tomás? – corta Ernesto, mostrando o papel.
– Está aqui! Você mesmo acabou de dizer...
– Eu disse que a companhia *pode* ter se envolvido nisso. Como dezenas de outras empresas de grande porte. Isso não quer dizer que efetivamente tenha havido qualquer...

Juliette intervém:
– Ah, mas as perguntas são muitas, *monsieur*. Por exemplo, quando Boilesen foi morto, quem assumiu a função de tesoureiro da Oban?

Tomás ri, num misto de ironia e sarcasmo:
– Como é que eu vou saber? – Olha alternadamente para Fernanda e Ernesto. – Dá pra explicar pra essa mulher? Quando isso tudo aconteceu eu estava no Chile, só voltei pro Brasil em 72.

Juliette retira outro papel da bolsa:
– Pois eu levantei algo muito interessante. Embora *monsieur* só tenha deixado o Chile em março de 72, a partir de maio de 71 –

um mês após a morte de Boilesen – suas viagens ao Brasil passaram a ser mensais, não é mesmo?

Tomás parece se divertir:

– O que é isso? Um interrogatório?

Fernanda, séria, com o olhar cravado no marido, diz em tom baixo:

– Responde, Tomás.

– Faz sentido que eu tenha vindo com frequência ao Brasil no período que antecedeu a minha volta. Eu sempre viajei muito a serviço da companhia.

– Pois nesse mesmo depoimento reservado – segue Juliette –, o oficial do Exército fala também do receio que a Oban teve, após a morte de Boilesen, de que faltasse dinheiro.

Ernesto tem os olhos fixos em Juliette:

– E...?

– O problema foi resolvido, Ernesto. A falta de fundos nunca aconteceu.

Tomás tenta interromper:

– Como você teve acesso a esse depoimento?

– Por que não aconteceu? – segue Ernesto, com o olhar cravado em Juliette.

– O fluxo de dinheiro não foi interrompido porque logo um novo tesoureiro assumiu. Em maio de 1971.

Um súbito silêncio domina a sala antes de Juliette continuar.

– O nome do novo tesoureiro não aparece no depoimento desse oficial. Mas as iniciais da empresa que ele representava, sim. Está aqui – Juliette oferece o novo papel a Tomás, que não se mexe.

Ernesto fica em pé com um salto, tira o papel da mão de Juliette e lê:

– U.E....

Relê, incrédulo, e agita o papel na direção de Tomás:

– Seu filho da puta! É verdade isso?

– Que estupidez é essa, Ernesto? Como você tem coragem de me acusar de qualquer coisa? Tá esquecendo quem eu sou?
Ernesto faz menção de se aproximar de Tomás. Fernanda ergue o braço, contendo o filho. Ernesto segue:
– Você se meteu ou não com essa raça de filhos da puta?
Tomás responde em tom de desprezo.
– Olha pra você, Ernesto. Que reação patética... apontando o dedo pra mim!
– Responde, Tomás!
– Quem você acha, Ernesto, que eram as empresas que colaboravam com a Oban, hein? Quer uma pista? Que tal grandes anunciantes de publicidade? Que tal alguns clientes da *tua* linda agência, por exemplo?
Ernesto estanca. Tomás continua:
– Em que mundo você vive, Ernesto? Não é você que trabalha dia e noite pros teus queridos clientes encherem o rabo de dinheiro? Vai agora dar uma de justiceiro moral e mandar todos à merda porque se defenderam da ameaça comunista?
Fernanda faz um gesto pedindo o papel a Ernesto. Lê e balança a cabeça, como se não acreditasse no que lê:
– Como é que eu não vi...?
Tomás se volta para ela:
– Fernanda, por favor, bota um pouco de senso na cabeça desse teu filho.
Ernesto não tira os olhos de Tomás:
– Você se dá conta de quem ele é, mãe?
– Você não passa de um grande ingrato, Ernesto... – diz Tomás.
Fernanda mantém o olhar perdido:
– Tanto tempo ao lado dele e eu não vi...
Tomás mantém o tom indignado:
– Bastaram cinco minutos! Cinco minutos, Ernesto, pra você esquecer tudo o que fiz por você!

– Eu te pago cada centavo de volta, seu merda! Nem que eu leve a vida inteira.
– Eu não quero o teu dinheiro. Só quero que você se lembre que o teu pai te deixou *fodido*...
– Lava a boca pra falar do meu...
Tomás continua, agora aos gritos:
– *Fo-di-do*! Morando com desconhecidos, num buraco qualquer de Minas Gerais. Fui *eu*, Ernesto, quem te aprumou na vida, paguei tua faculdade, arrumei teu primeiro emprego, investi na tua empresa! Fernanda, faz alguma coisa.
– Mãe, você não tá entendendo? Este filho da puta pagou pessoalmente os assassinos do meu pai!
Fernanda busca o olhar do filho:
– Ernesto, me perdoa, eu...
– Eu nunca tive nada contra o teu pai, Ernesto – corta Tomás. – Nunca vi ele na minha frente.
Juliette intervém:
– *Ah,* isso é verdade, Ernesto.
– O quê?
– Até certo momento, o envolvimento de *monsieur* Tomás com a Oban era, digamos, impessoal. Ele não fazia mais que se encarregar da ligação financeira entre as empresas colaboradoras e aquele esquema assassino.
– Até que momento? – pergunta Ernesto.
Juliette volta-se para Tomás.
– A verdade é que nunca existiu filho nenhum de funcionário da United Energy preso no DOI-Codi, não é mesmo, *monsieur*? O que houve é que, depois de assumir a tesouraria, numa das suas idas à sede da Oban, o senhor viu a ficha do Héctor – e por consequência, da Fernanda também. Sim, porque mesmo sem ter sido presa, a ficha dela estava lá, junto à dele, provavelmente desde o interrogatório dela no Dops. *Monsieur* então, digamos, "se interessou": uma bela mulher, em situação *extrêmement fragile*...

– Filho da puta... – murmura Ernesto entre os dentes.
– *Monsieur* então se aproximou dela com o pretexto do tal "patrocínio cultural" à editora em que ela trabalhava.

Tomás balança a cabeça, como quem não acredita:
– Que capacidade incrível você tem de...
– Ah, *mais c'est logique*! *Monsieur* há pouco tempo no Brasil, sem companheira fixa... Por que não, digamos, se "divertir" um pouco, tendo à mão uma mulher linda e inteligente como companhia? Mas, passados seis meses, *monsieur* se dá conta de que seu interesse em Fernanda vai além de um prazer passageiro: quer que ela seja sua companheira permanente. Mesmo – faz um gesto na direção de Ernesto – com o menino que viria como parte do pacote. Então *monsieur* cria toda aquela *mise-en-scène* de "salvador" do Héctor, quando na verdade o que o senhor queria era se livrar dele.
– Eu? Eu queria me livrar do Héctor?
– *Eh, oui*.
– Você tem realmente uma imaginação prodigiosa pra quem pretende ser uma pesquisadora séria.
– Fatos levam a conclusões, *monsieur*.
– Suas "conclusões" não têm base nenhuma. Nessa época, pra sua informação, quem quisesse se livrar de alguém não precisava de *mise-en-scène* nenhuma.

Ernesto intervém:
– Está querendo dizer que, se quisesse, você podia ter mandado matar meu pai, é isso?
– Isso jamais passaria pela minha cabeça, Ernesto. Como eu já disse, eu nunca vi o Héctor, nem uma vez sequer. Não tinha nada contra ele. Francamente, eu estou surpreso com a facilidade com que você está se deixando levar por essa...

Fernanda já parece mais segura de si:
– Responde o que o Ernesto te perguntou, Tomás.

Juliette se adianta:

– Se você me permite, Fernanda, eu acho que tenho a resposta: se o Héctor é morto no DOI-Codi, não havia como prever a maneira com que você reagiria a essa perda. Você podia se fechar para o mundo, ou fugir, aterrorizada, como aconteceu com tantas outras mulheres que perderam maridos, pais e filhos...

Ernesto acompanha o raciocínio da francesa:

– ... mas se meu pai escapa da Oban com vida...

– Se o Héctor é "salvo" por *monsieur* Tomás, fica a dívida de gratidão, e fica também tudo mais fácil – volta-se para Tomás –, *n'est-ce pas, monsieur?*

– Eu... me senti mais que agradecida, Tomás – diz Fernanda em voz baixa. – Eu me senti protegida.

– E eu não te protegi?! Fernanda, olha pra mim! Olha em volta, olha pra quem nós somos! Pro que nós construímos!

– O que nós construímos... – repete Fernanda, em voz baixa.

Tomás começa a perder a compostura:

– Vocês querem o quê? Que eu admita que errei? Claro que errei! Todos erraram: milicos, guerrilheiros, polícia, todos! E muitas empresas erraram também! Vocês não conseguem entender a minha situação? A pressão da companhia era enorme, como é que eu podia...? Eu não tinha opção!

– Claro que tinha, *monsieur*. Seu papel poderia ter se limitado a repassar o dinheiro, algo que por si só já era bastante abominável. Mas o senhor foi além: começou a tirar proveito do seu trânsito no DOI-Codi para remexer a vida das pessoas que estavam presas.

– Não é verdade, eu não...

– E quando resolveu que queria Fernanda para companheira, usou todo o seu poder para separar um homem de sua esposa e seu filho, e assumir definitivamente o controle sobre o que restava da família Méndez.

– Olha pra este pedaço de merda, mãe! – diz Ernesto apontando para Tomás em tom de desprezo. – Esse tipo de gente existe, sim! É o esgoto da raça.

Tomás balbucia:
— Vocês não entendem... era...
— Eu tenho só uma dúvida, *monsieur*. Além de expulsar o Héctor do Brasil, o senhor também dificultou a busca dele por notícias de Fernanda e Ernesto?
Tomás responde, irônico:
— Ah, ótimo! Agora, na fantasia dessa mulher, eu sou tão poderoso que controlo até os registros oficiais do país.
— Para falar a verdade — responde a francesa —, eu achei estranha sua determinação para que eles abandonassem o sobrenome Méndez, apagando de forma sistemática qualquer vestígio que pudesse levar à nova identidade e ao paradeiro deles. E também não acho nada impossível que *monsieur* tenha usado seu trânsito em Brasília para criar dificuldades para o retorno de Héctor depois da anistia. Nós sabemos que no Brasil essas são coisas perfeitamente possíveis para quem tem recursos e acesso aos canais certos.
— Esse é um dos seus muitos problemas. Você acha muita coisa.
— Sobre isso eu realmente não tenho provas. Mas estou segura do resto.
Tomás se enfurece. Percorre os olhares à sua volta.
— Segura?! Você está segura? Quem é que pode estar seguro de alguma coisa? Do que é certo ou errado? Na vida real nada é tão simples assim. Muito menos naqueles tempos!
— Você é um cínico — diz Ernesto. — Fala do que aconteceu como se tivesse sido só um espectador. Mas você sujou as mãos nessa merda toda, Tomás!
— Muitos sujaram. Dos dois lados. Não havia como...
Juliette interrompe:
— Só que alguns pagaram um preço altíssimo pelos atos que cometeram, enquanto outros...
— Você acha o quê? Que eu saí disso tudo por cima? Que eu não paguei um preço alto também?

– Ah, *très intéressant*! E qual foi?

– Fernanda, Ernesto, vocês nunca se perguntaram por que é que eu nunca fui convidado pro Comitê Internacional da companhia? Querem saber por quê? Porque depois desse assunto da Oban eu deixei claro pro *board* que não queria mais nada com aquilo, que me recusava a lidar com aquela gente sanguinária. Pedi – melhor dizendo, *exigi* – que arrumassem outra pessoa pra fazer aquilo! Preferi prejudicar minha carreira na companhia a continuar com aquilo.

– Sua carreira... – murmura Fernanda. – Nós estamos aqui falando da tragédia do Héctor e você reclamando da sua carreira.

– *Monsieur* acha que a decisão de se afastar daquela barbárie o isenta de qualquer culpa pelo que...

– Não acho que me isenta de nada! Só quero que você entenda, Fernanda, que tudo que eu possa ter feito, eu fiz por você. Eu quis te dar uma vida digna, segura, ajudar a criar teu filho... – espera uma reação dela, que não vem. – Eu me dediquei a você! Protegi você!

Fernanda se volta para Ernesto e diz, ainda em voz baixa:

– Ernesto, eu... eu não posso mais ficar aqui.

Tomás se levanta, aos gritos.

– *VOCÊS NÃO ENTENDEM!!! NÃO VÃO ENTENDER NUNCA?!* Será que tudo o que eu fiz de lá pra cá não conta nada? Todos esses anos não valem nada? – volta-se para Juliette. – E você? Era esse o seu plano? Destruir a nossa família?

Juliette começa a fechar sua bolsa. Tem um sorriso imperceptível nos lábios. É Ernesto que responde:

– Nós não somos mais tua família, seu merda...

Tomás aponta um dedo acusador em direção a Juliette:

– Você se dá conta do estrago que está fazendo nas nossas vidas? O que você ganha com isso?

Juliette ajeita a alça da sacola no ombro e começa a se levantar. Parece que vai ignorar a pergunta, mas responde calmamente:

– É minha natureza, *monsieur*. Meus amigos me chamam de "mastim".

Tomás, confuso com a resposta, volta-se aflito para Fernanda:

– Fernanda, pelo amor de Deus! Tem que haver uma maneira de recolocar as coisas...

Fernanda se ergue do sofá secando os olhos com o dorso das mãos.

– Vem, mãe – diz Ernesto estendendo a mão. – O melhor que nós temos a fazer é esquecer que esse animal fez parte da nossa vida.

– Fernanda, pelo amor de Deus, eu não posso acreditar que você...

– Eu também não posso acreditar no que eu estou ouvindo, Tomás. É como um pesadelo em que de repente a gente se dá conta que é real.

– Mãe, vamos.

Tomás se posta na sala de estar e faz menção de impedir que eles saiam:

– Eu não vou permitir que voc...

Ernesto se interpõe entre Tomás e as duas mulheres. Deixa claro que não admitirá que ele toque nelas. Tomás se deixa cair numa das poltronas. Olha na direção da varanda e vê que o dia começa a clarear.

Fernanda e Juliette caminham juntas em direção à entrada do apartamento. Fernanda lança à francesa um olhar de cumplicidade; Juliette assente com um sorriso mínimo, dirigindo-se ao aparador onde repousa seu casaco.

Ao passar pela porta aberta de seu escritório, Fernanda se detém por um momento. Espetado na cortiça, Mario Benedetti parece buscar seu olhar. É impressão sua, ou o sorriso do poeta se alargou sob os alvos bigodes?

Nesse momento, Fernanda passa distraída a mão na orelha esquerda e se dá conta de que nunca chegou a colocar nela o segundo brinco na noite anterior. Pede a Juliette e Ernesto que aguardem um momento e retorna ao ambiente da TV, ignorando o vulto de Tomás numa das poltronas da sala. Vê sobre a mesa de centro o brinco azul. Tira então o par de sua orelha e o deposita junto ao outro sobre a superfície de vidro.

Sai pela última vez do apartamento. Faz questão de deixar a porta escancarada.

São Paulo, maio de 2021.

Agradeço...

Aos que mantêm esticada a rede de segurança: Isa, Mariana, Bruno, Mia e Gael.

Aos amigos consultados e leitores das versões iniciais: Chico Lafayette, George Schlesinger, Henrique Grunspun, Roberto Ring, Ronny Tennenbaum, Santana Filho e Susana Udler.

Ao mestre e amigo Irineu Franco Perpetuo, pela generosidade sem limites.

Aos autores dos livros de referência, isentos de qualquer responsabilidade pelas falhas e imprecisões por mim cometidas:

Alfredo Sirkis, *Os carbonários* (Record, 1998);

Antonio Skármeta, *Neruda por Skármeta* (Record, 2005);

Carlos Knapp, *Minha vida de terrorista* (Prumo, 2013);

Christopher Hitchens, *O julgamento de Kissinger* (Boitempo, 2002);

Elio Gaspari, *A ditadura escancarada* (Companhia das Letras, 2002),

Federico García Lorca, *Libro de poemas* (Imprenta Maroto, 1921, aqui citado na página 62 e em tradução livre);

Jhumpa Lahiri, *In Other Words* (Bloomsbury, 2016),

Julio Cortázar, *Bestiário* (Nova Fronteira, 1986, aqui citado nas páginas 212-4, em tradução de Remy Gorga Filho);

Leneide Duarte-Plon e Clarisse Meireles, *Um homem torturado: nos passos de frei Tito de Alencar* (Civilização Brasileira, 2014, aqui citado nas páginas 196-7, 199-201 e 211);

Leonencio Nossa, *Mata! O major Curió e as guerrilhas no Araguaia* (Companhia das Letras, 2012);

Mardy Grothe, *Oxymoronica* (Harper, 2015);

Mario Benedetti, *Andamios* (Alfaguara, 2009), *Inventario uno* (Visor Libros, 2009), *Inventario dos* (Visor Libros, 2009, aqui citado na página 14 e em tradução livre) e *Poemas de la oficina/Poemas del hoyporhoy* (Sudamericana, 2000);

Mário Magalhães, *Marighella: o guerrilheiro que incendiou o mundo* (Companhia das Letras, 2012);

Máximo Gorki, *Vinte e seis e uma* (Estrofes & Versos, 2011);

Pablo Neruda, *Antologia poética* (José Olympio, 1968), *Canto general* (Seix Barral, 1978, aqui citado na página 48 e em tradução livre) e *Últimos poemas* (L&PM, 1997, aqui citado na página 92 e em tradução livre);

Virgínia Artigas, *Histórias de arte e política* (Terceiro Nome, 2019);

Zuenir Ventura, *1968: o ano que não acabou* (Nova Fronteira, 2006).

Arquivo Público do Estado do Rio de Janeiro via Wikimedia Commons

Carlos Marighella, em foto de 1946-1947,
quando era deputado federal pelo PCB-BA.

Publicado 110 anos após o nascimento de Carlos Marighella, líder revolucionário que combateu o regime militar até o fim de sua vida – pelas mãos de agentes do Dops em 1969 –, este livro foi composto em Cambria, corpo 11/15, e impresso em papel Pólen Soft 80 g/m² pela Rettec, para a Boitempo, em fevereiro de 2022, com tiragem de 1,5 mil exemplares.